최후의
마녀가
우리의
생을 먹고
자라날 것이며

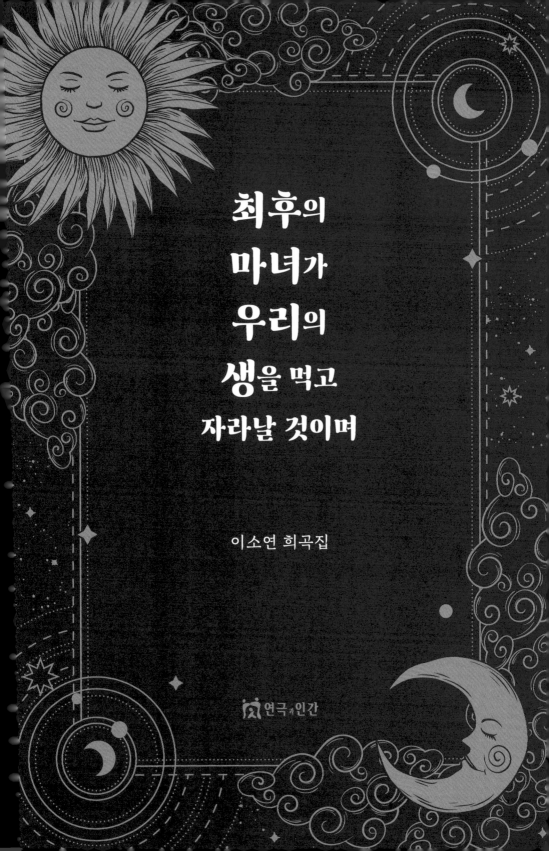

최후의
마녀가
우리의
생을 먹고
자라날 것이며

이소연 희곡집

연극과인간

책을 펴내며

희곡집 내는 일을 오랫동안 망설이고 최대한 미뤘습니다. 미래의 내가 조금 더 나은 작품을 쓸 수 있을 거란 기대나 낙관 혹은 불안 때문이었을 것입니다. 초등학생 때부터 내 이야기가 적힌 책을 만져 보는 순간을 꿈꿨기 때문에 더더욱, 마음먹기까지 참 오랜 시간이 걸렸습니다.

희곡집에 실을 작품들을 정리하고, 들여다보고, 하나로 모아보니 꼭 다른 사람이 쓴 글을 읽는 느낌이 들었습니다. 이 부분은 꽤 좋다, 여기는 좀 고치자, 하는 감상들과 함께 각각의 작품을 쓸 때 내가 보고 있었던 세상에 대한 감각들이 어렴풋이 다가왔습니다. 동시에 공연이며 영상이며 함께 만들었던 동료들의 얼굴이, 정확히는 그때의 그 집중하던 얼굴이 너무나 선명하게 떠올랐습니다. 조금은 지치고, 날 서 있고, 욕심 많고, 땀 흘리던 그 얼굴들이 너무 빛나서 희곡집을 낼 용기가 비로소 생긴 것 같습니다. 그들의 얼굴 사이에 있던 내 얼굴이 크게 다르지 않았을 거라고, 그렇게 믿으니까요. 그리고 이것이 공연된 희곡을 책으로 내어놓는, 공연예술과 문학에 한 발씩 걸치고 선 '극작가'만이 누릴 수 있는 소소한 즐거움이라는 것도 믿습니다.

이 책을 읽을 독자 여러분들께서도 그런 즐거움을 엿보실 수 있도록 다섯 개의 작품에 대한 공연/영상 정보를 짧게나마 아래 적어둡니다.

〈마트료시카〉는 2018년 한국일보 신춘문예 당선작으로, 당선 작품집으로 한차례 출간된 작품입니다. 2018년 3월 아르코예술극장 소극장에서 신춘문예 단막극전 프로그램으로 상연된 바 있습니다. 이후에도 제7회 성미산동네연극축제, 2019년 한국예술종합학교 교내 공연으로도 상연되었습니다. 세 차례의 공연을 거치며 추가된 장면과 수정된 장면이 몇 가지 있습니다. 제가 가지고 있는 가장 최종의 원고를 싣습니다. 시작은 혼자였지만 많은 분들의 도움으로 지금의 〈마트료시카〉가 완성되었습니다.

〈그들은 그것을 사랑이라 부르기 위해〉는 2019년 서울문화재단 청년예술단 사업의 일환으로 나온씨어터에서 공연된 작품입니다. 당시 소속되어 있었던 팀 '어바디오브씨어터'가 작품의 개발에 많은 도움을 주었습니다. 이 지면을 빌려 다시 한번 감사의 말씀을 전합니다.

〈쿠르간〉은 2020 공연예술창작산실 대본공모에 선정된 작품으로 2022년 3월 블루스퀘어 카오스홀에서 '대본의 발견' 쇼케이스를 진행했습니다. 이외에도 본의 아니게 스스로 연출을 맡아 2회의 낭독공연을 진행한 바 있는데, 그래서인지 꽤나 애틋하고 특별히 미운 정이 들어버린 작품입니다. 〈마트료시카〉에 등장했던 고려인 이야기를 조금 더 탐구하고자 썼던 작품이며, 처음 구상에서 품었던 야심찬 대극장 사이즈 고분(쿠르간)을 언젠가 볼 수 있기를 소원합니다.

〈최후의 마녀가 우리의 생을 먹고 자라날 것이며〉는 2018년 서울시극단 창작플랫폼 사업에 참여해 고연옥 작가님의 멘토링을 받으며 개발했던 작품입니다. 2년에 걸쳐 집필과 수정, 2회의 낭독공연까지 마치고 2020년 4월에 본공연을 앞두고 있었지만 연습 몇 회차만에 코로나19의 여파로 공연이 취소되었습니다. 〈최후의 마녀가 우리의 생을 먹고 자라날 것이며)는 꼭 아픈 손가락 같은 작품입니다. 제목을 못 외우도록 쓰는 작가라는 오명(?)을 선물해준 작품이기도 합니다. 작품 개발 초반에 번뜩 머리로 찾아와 내용과 썩 맞지 않음에도 불구하고 (여전히) 알 수 없는 이유로 고집하게 됐던 문장을 제 첫 희곡집의 제목으로 삼게 됐습니다.

〈토마토의 정원〉은 2019년 짧은 희곡으로 쓰고 시나리오로 각색하여 2019년 CJ스토리업 단편영화 지원을 받은 작품으로, 유일하게 영화로 제작이 된 희곡입니다. 희곡이 영화가 되는 것은 무척 흥미로운 일이었습니다. 동시에 시나리오의 형태로 마침표가 찍힌 작품처럼 느껴지기도 했습니다. 그래서 희곡집의 마지막 작품으로 해당 희곡을 싣습니다. 영화가 만들어진 후 고쳐진 약간의 부분들은 박형남 감독이 도와준 시나리오 각색에 다시 영향을 받았습니다. 감사합니다.

희곡집에 실린 각각 작품들에 도움을 주신 고연옥, 김명화, 박상현 선생님께 감사드립니다. 〈마트료시카〉에 이름을 내어준 곽윤경 엄마 감사합니다. 항상 응원해주는 가족들에게도 사랑한다는 말, 이제 책도 나왔는데 핑계 그만 대고 내 희곡 좀 읽어보라는 말, 전합니다. 새해야, 복만아. 니야아옹.
무엇보다 기꺼이 제 희곡의 첫 번째 독자가 되어주셨던 많은 동료들께, 두 번째 독자가 되어주실 여러분께 무한한 감사와 사랑을 전합니다.

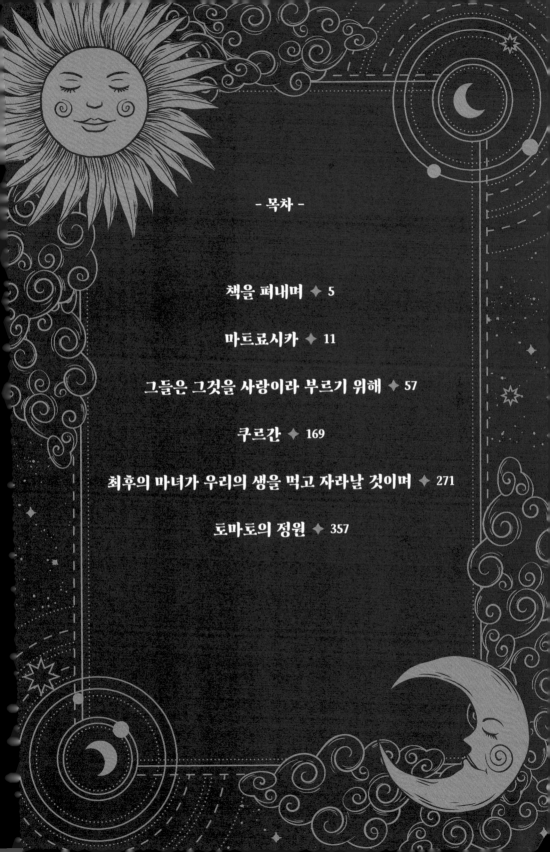

- 목차 -

마트료시카

등장인물

송윤경 (여, 49세, 한국)

김아델리아 (여, 19세, 고려인 4세)

딜퓨자 (여, 32세, 우즈베키스탄)

아즈카 (남, 9세, 우즈베키스탄, 딜퓨자의 아들)

나쟈 (여, 71세, 러시아)

때

어느 1월

곳

블라디보스토크에서 모스크바로 향하는 시베리아횡단 열차 3등석

1장
블라디보스토크

기차가 터널을 지난다.

한참 동안 어둠을 헤치고 나면, 어슴푸레 빛이 들어온다.

밤이다.

여기는 시베리아횡단 열차 3등석. 6인 1실이다.

말이 6인 1실이지, 개방형이기 때문에 방이 없다고 보아도 무방하다.

2층 침대가 세 개 놓여있다.

창가 쪽에서 안대를 끼고 송윤경이 코를 골며 자고 있다.

송윤경   (자면서) 나는 지금 꿈을 꾸고 있습니다.

언젠가 갔던 청담동 고급 한정식집이에요.

한 상에 십오 만원이나 하는 집인데요, 이런 덴 처음이라 긴장이 돼요.

민주 아빠가 건너편에 앉아 나를 빤히 바라봅니다.

어제 급하게 산 스카프가 역시 별로였던 걸까요.

나도 민주 아빠를 바라봅니다. 아주 간만이에요.

그이의 볼에 난 수염이 보입니다.

온몸에 털이 많은 편이라 광대 언저리까지 면도를 해야 돼요.

이상하다.

평소엔 면도기를 종류별로 두 개씩 써가면서 깔끔을 떠는
양반이.
왜일까요. 오늘은 가지런하지가 못하네요.
꼭 500원짜리 싸구려 면도기나 쓴 것처럼……

배낭을 멘 김아델리아가 나타난다.
표와 자리를 유심히 살피더니 고개를 갸웃한다.

송윤경   물론 말로 하진 않았어요. 1월이거든요. 좋은 날을 망칠
수야 없지.
평소엔 다정한데 한 번 수가 틀리면 성질이 불같아요.
아주 난리가 나죠.
(사이)
외로워서 그래요. 외로움을 많이 타는 사람이라서.
어릴 때부터 사랑을 많이 못 받고 자랐대요.
그런데 오늘이 무슨 날일까요.
분명히 아주 좋은 날이었는데.

김아델리아가 송윤경에게 다가간다.
송윤경을 툭툭 친다.

송윤경   꿈이 흔들리기 시작해요. 원래 낮잠을 자는 편이 아닌데.
할 일이 많거든요. 민주 아빠랑 민주가 깔끔한 성격이라
서요.
피는 못 속이나 봐요.
수건도 한 번 쓰면 무조건 빨래통에 들어간다니까.

그래서 우리 집 수건걸이는 나만 써요. 나만.

김아델리아가 송윤경을 더 세게 흔든다.

송윤경 민주 아빠가 낙지 정식을 시켰어요.
내가 낙지라면 환장을 하거든요.
아직 깨면 안 되는데……. 먹은 거라곤 차 한 잔뿐이에요.
안 되는데…… 낙지… 먹어야…… 낙지…….

김아델리아가 한 번 더 흔들자 송윤경이 벌떡 일어난다.

송윤경 (침 닦는)

김아델리아 (자기 티켓 보여주는)

송윤경 (김아델리아를 보는) 헬로.

김아델리아 (티켓 좌석 가리키는)

송윤경 (혼잣말) 참 예쁘다.

김아델리아 (자기 자신을 가리키는)

송윤경 가만. 한국 사람 아니에요? 유, 코리안? 응? 코리안!

김아델리아 (윤경을 가리키고, 2층 침대를 가리키는)

송윤경 하늘? 하늘나라?

김아델리아 (한숨 쉬고) 자리. 나. 여기.

송윤경 (가만 보는)

김아델리아 아줌마. 위에. 나. 여기.

송윤경 내가 2층이라구? (사이) 그럴 리가 없는데.

송윤경, 자기 티켓을 찾아서 본다. 2층이다.

송윤경   (어색하게 웃으며) 쏘리, 쏘리.

송윤경, 바리바리 짐을 챙겨 2층으로 자리를 옮긴다.
김아델리아, 1층에 자기 짐을 풀어 놓는다.

송윤경   근데 한국사람 맞죠?
김아델리아 …….
송윤경   너무 다행이다. 사실 해외에 나온 게 처음이라 걱정했거
         든요. 웃기죠? 이 나이 먹고……. 근데 그래요, 타이밍을
         못 잡겠더라구. 돈이 없는 것도 아니고 시간이 없는 것도
         아니었는데……. 이렇게 떠나버리면 그만인걸. 뭘 그렇게
         기다리고 있었던 걸까.

송윤경, 2층 침대에 걸터앉는다.

송윤경   나는 자꾸만 아래를 바라봅니다.
         내 발 아래에 그 애가 있습니다.
         그 애가 입은 남방에 난 작은 구멍을 바라봅니다.
김아델리아 눈이 느껴져.
송윤경   무슨 사연이 있는 걸까.
         모르는 사람을 이렇게 오래 바라본 일이 있었나.
김아델리아 카자흐스탄. 나는 카자흐스탄으로 갑니다. 내가 태어난
         곳.
송윤경   우리는 운이 좋다면 70시간을 함께 할 것입니다.
김아델리아 한국을 떠나,
송윤경   그렇지 않더라도 다음 역까지 최소 20시간을 함께 해야

합니다.

김아델리아 돌아, 간다. 돌아간다. 나는, 돌아갑니다.

송윤경 몇 살이에요?

김아델리아 대답 안 해.

송윤경 어디까지 가요?

김아델리아 그래도 자꾸 묻습니다.

송윤경 배 안 고파요? 고구마 줄까?

김아델리아 계속.

송윤경 어디 안 좋아요? 괜찮아요?

김아델리아 계속.

송윤경 추워요?

포즈.

김아델리아 마치 누군갈 행복하게 해야 한다는 임무를 가지고 태어난
사람처럼.

송윤경 난 이르쿠츠크까지 가요. 거기서 바이칼 호를 보러 갈 거
예요.

포즈.

김아델리아 자신을 행복하게 해달라고 구걸하는 사람처럼.

기차가 다시 터널을 지난다. 거의 어둠.

송윤경   바이칼 호, 가본 적 있어요? 정말 아름답대요.

김아델리아 난 대답 하지 않습니다.

송윤경   바이칼 호수에 손을 적시면 5년이 젊어진대요. 그런 말 들
          어봤어요?

김아델리아 (한심하다는 얼굴)

송윤경   우리 남편은요, 스무 번도 더 담가봤을 거예요. 또 얼마
          전엔 우리 딸도 거기 갔다 왔거든요. 두 사람 다 너무 젊
          어져서 사라져버리면 어떡하냐고, 내가 그런 소릴 했다니
          까요. (혼자 웃는)

기차가 터널을 빠져나온다.

송윤경   내가 너무 떠들었나?

김아델리아 알면서도 계속.

송윤경   맞다, 이거 볼래요?

김아델리아 굴하지 않고, 계-속.

송윤경   (마트료시카 꺼내서) 블라디보스토크에서 산거예요. 예쁘
          죠.

김아델리아 자랑을 합니다.

송윤경   이걸 고르느라 세 시간이 걸렸다니까.

김아델리아 잔다.

김아델리아, 누워서 이어폰을 낀다.

송윤경   잘 거예요?

김아델리아 …….

송윤경   어디까지 가는 줄 알면 내가 참 깨워줄 텐데…….

김아델리아 …….

송윤경   (마트료시카를 머리맡에 잘 세워둔다)

       잘 자요.

       완전한 어둠.

2장
치타

햇빛이 들어오는 아침, 열차 안.

송윤경과 김아델리아가 자고 있다.

커다란 짐을 든 딜퓨자와 아즈카가 들어온다.

자고 있는 두 사람의 옆 침대에 짐을 푼다.

인기척에 송윤경이 잠에서 깬다.

딜퓨자	헬로우.
송윤경	아… 헬로우.
딜퓨자	(아즈카 가리키며) 마이 썬.
송윤경	아들?
아즈카	(러시아어) 몽골인이야?
딜퓨자	(러시아어) 아즈카, 인사를 드려야지.
송윤경	(어눌한 러시아어로) 안녕.
아즈카	(러시아어로) 안녕하세요.
딜퓨자	(러시아어) 러시아어를 할 줄 아시나 봐요. 저는 딜퓨자입니다. 우리는 우즈베키스탄 사람입니다.
송윤경	……. 쏘리. 아이 돈 노.
딜퓨자	오……. 쏘리. 위 어 우즈벡.
송윤경	우즈벡. 우즈베키스탄?
딜퓨자	예스. 우즈베키스탄.

송윤경 아임 코리안.

딜뮤자 코리안… 아, 꼬레아.

송윤경 예스, 예스. 꼬레아.

아즈카 (러시아어) 엄마. 꼬레아가 뭐야?

딜뮤자 (러시아어) 고려 사람들이야. 블라디보스토크에서도 본 적 있잖아.

송윤경 애가 참 밝네……. 기운도 넘치고.

아즈카 (러시아어) 저 아줌마가 기분 나쁘게 쳐다봐.

딜뮤자 (러시아어) 아즈카. 그런 말 하면 못써.

송윤경과 딜뮤자, 어색하게 웃으며 서로를 본다.

송윤경 왓 유어 네임?

딜뮤자 딜뮤자. (아즈카 가리키며) 아즈카.

송윤경 딜뮤자. 아즈카. 마이 네임 이즈 송윤경. 송, 윤, 경.

딜뮤자 송. 송?

송윤경 (웃으며 끄덕이는) 송, 윤, 경.
　　　　(사이) 내 이름을 이렇게 오래 불러본 적이 있었을까요.
　　　　송, 윤, 경. 글자 하나하나가 낯설게 느껴집니다.

딜뮤자 (김아델리아 가리키며) 이즈 쉬 유어 도터?

송윤경 도터? 도터? ……딸? 오, 노노노. 쉬 이즈…… (말을 찾지 못하는)

딜뮤자 (웃는다)

송윤경 이름도 물어보지 않았다는 사실이 떠오릅니다.
　　　　난 저 애와 무슨 대화를 하고 있었던 걸까요.

아즈카 (러시아어) 어? 내 거랑 똑같은 거다!

아즈카, 통 튀어 올라 송윤경의 마트료시카를 가져간다.

딜퓨자   (러시아어) 아즈카!

송윤경   뭐라고? 꼬마야, 예쁘다고?

아즈카   (러시아어) 엄마! 이거 엄마가 사준 거랑 똑같잖아.
이 아줌마도 블라디보스토크에 살았나 봐.

송윤경   (듣고) 블라디보스토크?

딜퓨자   쏘리, 쏘리.

송윤경   노, 노. 잇츠 오케.

딜퓨자   얼 유 리브 인… 블라디보스토크?

송윤경   노… 여행. 트레블.

송윤경, 아즈카 손에 들린 마트료시카에 눈이 향해 있다.

송윤경   우리 딸 건데……

딜퓨자   (러시아어) 아즈카. 제자리에 둬. 아줌마의 소중한 물건인
가 봐.

아즈카   (러시아어) 아줌마한테 내 것도 보여줄래.

아즈카, 가방에서 자신의 마트료시카를 꺼낸다.

송윤경   어머, 똑같은 게 있네.

아즈카   (늘어놓으며, 러시아어) 일, 이… 사, 오, 육.

송윤경   세 번째가 없구나.

아즈카   (러시아어) 삼을 잃어버렸어.

딜퓨자   웨얼 얼 유 고잉?

송윤경	이르쿠츠크. 유?
딜퓨자	이르쿠츠크. 앤드……
송윤경	(이르쿠츠크만 듣고) 이르쿠츠크! 유 투?
딜퓨자	(대충 끄덕이며) 히 이즈.
송윤경	? 히? (아즈카를 보는)
딜퓨자	아임 고잉 투 노보시비르시크.
송윤경	온리 유?
딜퓨자	(끄덕이며)
송윤경	와이? 와이, 그러니까, 왜 아들만 가. 이르쿠츠크에. 와이.
딜퓨자	(으쓱하는)
송윤경	유어 허즈밴드, 웨얼?
딜퓨자	…….
송윤경	허즈밴드. 음… (바디랭귀지 하며) 남편. 부부.
딜퓨자	이르쿠츠크.
송윤경	이르쿠츠크. 기다리는구나, 남편이. 남편한테 가는 거예요? 고 투 허즈밴드?
딜퓨자	아이 엠 낫.
송윤경	남편한테 가는 게 아니면 어디로 가.
딜퓨자	(말없이 웃는)

딜퓨자, 자신의 자리로 간다.

| 딜퓨자 | (러시아어) 아즈카. 이리와. |

딜퓨자가 음식을 꺼내 아즈카에게 주고, 송윤경에게도 건넨다.

송윤경　문어가 들어간 수프였습니다.

아무 정보도 없이 조리가 필요한 것들만 잔뜩 가져온 나에게 그녀가 건넨 수프는 큰 선물이었습니다.

그들, 말없이 수프를 먹는다.

김아델리아　(눈 감은 채) 사실 아까부터 깨어있었지만 말을 섞기 싫어 줄곧 자는 척을 하고 있었습니다.

…그런데 수프 냄새가 참을 수 없이 풍겨오는군요.

송윤경　(슬쩍 김아델리아를 본다) 참 오래도 자네요.

김아델리아　눈을 감고 수프 냄새를 맡고 있으니,

증조할머니가 말해주었던 열차의 풍경이 떠오릅니다.

할머니는 몇 번이고, 몇 번이고 이 열차에 대해 말했습니다.

'검은 상자'라고 불리었던 열차의 지독함에 대해.

온갖 오물과 악취, 그 속에 뒤엉킨 사람들.

창문 하나 없이, 그저 달려야만 했던 상자.

송윤경　한정식집에서 먹었던 낙지탕이 떠오릅니다. 십오만 원짜리. (수프 맛보고) 별반 다르지 않네요.

김아델리아　나는 말을 싫어합니다. 말은 언제나 폭력입니다.

송윤경　(웃는) 이 말을 들었다면, 남편은 말했겠죠. 싸구려 혓바닥.

김아델리아　자신이 말하는 대로 움직이길 바라는 이기심.

송윤경　하나씩 떠올려 볼까요… 낙지샐러드… 낙지튀김… 낙지볶음… 낙지찜……

김아델리아　더 이상 참을 수가 없습니다.

송윤경 떠올랐습니다! 샐러드를 막 먹었을 때, 우리 딸 민주가 들어왔습니다.

김아델리아, 벌떡 일어난다.
딜류자가 김아델리아에게도 음식을 건넨다.

아즈카 (러시아어) 저 사람은 누구야? 엄마는 왜 자꾸 음식을 나눠 줘?

송윤경 아즈카를 보면 우리 딸이 생각납니다.
초등학교에 막 입학한 우리 딸.
비염이 심해 늘 콧물이 줄줄 흘렸습니다.
그걸 닦으라고 손수건을 목에 매줬는데 답답하다고 자꾸만 끌러냅니다.

김아델리아, 슬쩍 아즈카를 바라본다.

딜류자 (러시아어) 함께 열차를 탄 사람이지.
아즈카 (러시아어) 내가 내일 먹으려고 한 건데.
딜류자 (러시아어) 내일 먹을 건 또 있어.
아즈카 (러시아어) 이러니까 엄마가 아빠한테 진 거야.
딜류자 (러시아어) 뭐?
아즈카 (러시아어) 그래서 날 아빠한테 보내는 거잖아. 할머니가 그랬어.
딜류자 (러시아어) 아즈카!

송윤경   반에서 키가 제일 작아 속상했는데
         졸업할 때가 되니 키가 나보다 삼센치는 더 커졌어요.
         그 애는 자꾸만 자랐습니다.

아즈카   (러시아어) 아빠는 돈이 많은데 엄마는 돈이 없잖아.
딜퓨자   (러시아어) 엄마도 돈 있어. 앞으로도 벌 거야.
아즈카   (러시아어) 돈 없어! 그래서 날 뺏긴 거랬어.
딜퓨자   (러시아어) 엄마는 널 뺏긴 게 아니야.
아즈카   (러시아어) 그럼 날 버린 거야?

김아델리아 (러시아어) 돈 때문이 아니야. (한국어) 엄마, 널 버린 것도,
          아니야.

송윤경   엄마가 손수건을 매주지 않아도 될 만큼 자랐습니다.

         딜퓨자와 아즈카, 김아델리아를 바라본다.
         김아델리아, 자기가 뱉은 말에 스스로 놀라는 듯.

         사이.

김아델리아 (러시아어) …죄송합니다.

         네 사람, 말없이 수프를 먹는다.

3장
울란우데

밤.

네 사람 모두 잠들어있다.

송윤경   나는 오늘도 꿈을 꾸고 있습니다.

맛있게 먹고 있습니다. 낙지 요리입니다.

맛있게 먹고 있는 것 같은데, 음식에선 아무런 맛도 나지 않습니다.

민주 아빠가 무어라 말을 하는 것 같은데, 아무 말도 들리지 않습니다.

민주는 옆에서 고개만 푹 숙이고 있습니다.

분위기가 살벌해 말을 한마디 건넵니다.

낙지 하나로 이렇게 다양한 요리가 가능하네요, 여보.

…….

민주 아빠의 얼굴이 붉어집니다. 화가 난 것 같아요.

안 돼요. 그이를 화나게 하면…….

아뇨, 저 사람이 외로워서 그래요.

외로움을 많이 타는 성격이거든요.

불행한 어린 시절을 보냈대요.

민주 아빠는 벌써 식사를 마친 뒤입니다.

민주 아빠는 언제나, 나보다 한 뼘 앞서갔습니다.

한 걸음. 한 자. 어쩌면 그보다 조금 더 멀리…….

송윤경, 일어난다.

송윤경 나는 이르쿠츠크로 떠나기로 했습니다.
남편이 노어노문학과 교수거든요. 이번에 학과장이 됐어
요.
남편은 바이칼호를 사랑합니다.
매년 그곳으로 출장을 가요. 가끔은 민주를 데려갈 때도
있었습니다.
민주도 바이칼호를 좋아했습니다.
남편도 이십 대에는 나처럼 시베리아횡단 열차를 탔습니
다.
블라디보스토크를 출발해서 치타, 울란우데를 지나 이르
쿠츠크에 도착합니다.
거기에서 다시 몇 시간 차를 타고 가면 세상에서 제일 오
래된 호수, 바이칼호가 모습을 드러냅니다.
세상에서 가장 아름답고 깨끗한 호수.
이 얘기를 할 때 남편의 눈은 꼭 그 호수처럼 빛났습니다.
(사이)
떠올랐습니다.
오늘은
우리의 스무 번째 결혼기념일이었습니다.
좋은 날이었습니다. 1월. 스무 번째, 1월.

날이 밝는다.
사람들 일어나 각자 자기 할 일을 한다.
옷을 갈아입고, 음식을 먹는 등.

송윤경   이들은 모두 나와 함께 있습니다.

이 기차에는 수백 명의 사람이 있습니다.

운이 좋으면 48시간을 함께할 수 있습니다.

김아델리아와 아즈카, 종이를 가지고 장난치듯 뛰어다닌다.

김아델리아   (러시아어) 아즈카! 이리 줘!

아즈카   (러시아어) 엄마! 이것 봐! 누나가 날 그렸어.

김아델리아   (러시아어) 너 아니거든!

딜퓨자   (러시아어) 와, 정말 잘 그리네. 화가니?

김아델리아   (러시아어) 난 그냥 학생이에요.

송윤경, 그림을 얼떨결에 받게 되고, 본다.

송윤경   그림 그리는 걸 참 좋아했었는데.

민주던가. 민주 아빠던가. 종종 날 그린 그림을 보여주곤

했는데.

김아델리아   (손 내미는)

송윤경   근데 실력은 형편없었지.

김아델리아   (빼앗는) 형편?

송윤경   아니, 아니야. (웃으며) 그림을 참 잘 그리네.

김아델리아   그냥. 그냥. 그림.

딜퓨자   (러시아어) 아즈카. 얼른 가서 세수하고 오라니까.

아즈카   (러시아어) 싫은데!

아즈카, 깔깔거리며 다른 칸으로 도망친다.

딜퓨자, 지친 듯 앉는다.

송윤경   힘들죠?

딜퓨자   (알아듣는 듯, 끄덕이는)

송윤경   나도 딸이 있어요. 이름이 성민주.

송윤경, 통역해 달라는 듯, 김아델리아를 본다.

김아델리아   ······.

송윤경   (계속 본다)

김아델리아   (한숨, 러시아어) 딸이 있대요. 성민주.

딜퓨자   송?

송윤경   (크게 웃는) 송? 아니, 아니. 성! 성민주.

딜퓨자   송, 민즈?

송윤경   (왠지 기분 좋아 보이는) 성이라니까, 성. 송은, 나.

아즈카, 무언가를 들고 들어온다.

아즈카   (러시아어) 엄마! 주웠어! 이거 주웠어.

딜퓨자   (러시아어) 아무거나 주워오면 안 돼. 큰일 나.

아즈카가 시무룩해진다.

송윤경이 받아서 보면, 매니큐어다.

송윤경   매니큐어네. 색이 참 예쁘다.

아즈카   (러시아어) 아줌마가 뺏어갔어.

송윤경   (아즈카에게, 몸짓하며) 이거 발라줄까?

아즈카   (엄마 뒤에 숨는)

송윤경   괜찮아. 하나만 발라줄게.

아즈카, 머뭇거리며 다가간다.

송윤경, 아즈카의 손톱에 매니큐어를 발라준다.

송윤경   얼마만인지 모릅니다.

차별 때 우리 민주 손에도 매니큐어를 칠해줬었는데.

아즈카의 작은 손을 잡고 붓질을 하자, 놀랍게도.

딜퓨자   (빤히 보다가, 자기도 해달라는 시늉)

송윤경   (딜퓨자의 손에 발라주며) 놀랍게도 떠오른 기억.

김아델리아   (자기도 손을 슬쩍 내민다)

송윤경   (김아델리아의 손에 발라주며) 그림 그리는 걸 좋아하던 사람은, 바로 나였습니다.

(자신의 손에도 칠하는) 바로, 나였습니다.

사람들 즐거워한다.

그때, 나쟈가 들어온다.

사이.

나쟈   (우울한 얼굴, 러시아어) 안녕.

느릿한 나쟈의 행동에 모두들 침묵.

밤이 된다.

김아델리아는 침대에 앉아 그림을 그리고 있고
딜퓨자와 아즈카는 잘 준비를 하고 있다.
나쟈는 멍하니 창밖을 본다.

송윤경   나쟈는 러시아 사람이었고,
꼭 우리 시어머니 같은 얼굴을 하고 있었습니다.
세상에서 제일 불행한 얼굴이요.
아들을 낳으라고 닦달할 때만 불타던 그 얼굴.
잊을 수가 없습니다.
떠올리기만 해도 나는 울음이 날 것 같습니다.

나쟈   (러시아어, 노래)[1]
Расцветали яблони и груши
사과꽃 배꽃이 피었지
Поплыли туманы над рекой
강위로 안개가 피어오르고
Выходила на берег Катюша
까츄샤는 강 기슭으로 갔지
На высокий берег на крутой
높고 험한 강 기슭으로

송윤경   나쟈의 구슬픈 러시아 민요가 열차를 가득 채우고,

---

1 러시아 민요 - 카츄샤(Катюша)

승객들은 모두 지쳐갔습니다.

나쟈   (계속 노래하는)

Ой ! ты песня песенка девичья

오! 노래야 처녀의 노래야

Ты лети за ясным солнцем вслед

날아라 밝게 빛나는 태양을 따라 날아라

И бой цу на дальнем пограничье

그리고 머나먼 국경의 병사에게

От Катюши передай привет

카츄샤로부터의 사랑을 전해다오

김아델리아   (러시아어, 불만 섞어) 카츄샤가 이렇게 슬픈 노랜지 몰랐네.

송윤경   이르쿠츠크가 다가오고 있었습니다.

김아델리아는 잠을 잔다.

딜퓨자는 아즈카를 데리고 나간다.

송윤경   아즈카를 씻기러 딜퓨자가 나가고,

나쟈와 나는 둘이 남았습니다.

내일 아침 일찍, 열차는 이르쿠츠크에 다다를 것입니다.

나쟈   (러시아어) 이봐요.

송윤경   네?

나쟈   (가방에서 무언가를 찾는다)

송윤경	그 순간 나쟈가 가방에서 권총이라도 꺼내 자기 머리통을 날려버리는 건 아닐까 하는 무서운 상상을 했습니다.
나쟈	(송윤경에게 내밀면, 송윤경이 가진 마트료시카와 같은 것이다)
송윤경	마트료시카?
나쟈	(송윤경의 것을 가리킨다)
송윤경	블라디보스토크?
나쟈	(고개 젓는) 울란바토르.
송윤경	울란바토르?
나쟈	(러시아어) 거기로 남편과 여행을 갔었지.
송윤경	뭐라는 거야.
나쟈	(러시아어) 그리고 나는 혼자가 됐어. 남편이 죽었거든.
송윤경	(아는 러시아어) 안녕하세요.
나쟈	(러시아어) 50년을 함께 살았는데, 떠나버렸어. 그것도 몽골에서.
송윤경	(아는 러시아어) 고맙, 고맙습니다?
나쟈	(러시아어) 우리는 자식도 없었어. 고양이만 세 마리 있었지. 난 그 고양이에게 가는 중이야. 물론 걔들도 다 죽었지만. 모스크바. 거기에 그 애들이 있어.
송윤경	모스크바?
나쟈	모스크바.
송윤경	모스크바에 간다는 건가.
나쟈	(러시아어) 저기 그 애들이 있어. 날 기다리고 있는 거야. 남편 같은 건 상관없어. 고양이가 죽은 땅에서 나도 죽겠어.
송윤경	(러시아어, 따라 하는) 고양이.

(한국어) 민주 아빠가 말한 적 있는 것 같은데.

(사이) 개였나. (개 따라 해 보는) 멍멍! 으르릉?

김아델리아가 잠에서 깨 그들을 바라본다.

나쟈	…….
송윤경	…….
나쟈	(창밖을 보는, 러시아어) 살아있는 건 아무 의미가 없어. 죽어서 묻힌 것만이 나를 기억하는 거야. 그것들은 움직이지 않거든.
김아델리아	나는 언제나 움직여야 했습니다.
나쟈	(러시아어) 살아있는 것들은 늘 움직이니까 기억될 수 없어.
김아델리아	살기 위해서. 살아있다고 말하기 위해서.
나쟈	(러시아어) 나는 멈춰 버린 것들을 사랑해.
김아델리아	그래서 나는 그림을 그립니다.
나쟈	(러시아어) 내가 기억할 수 있는 것들.
김아델리아	기억하기 위해. 잠시라도, 멈춰있기 위해.

송윤경, 창밖을 바라본다.

송윤경	창밖 풍경이 참 좋죠. 낮에는 더 예뻐요. 하얀 나무들이 주르륵 서 있는데, 꼭 설탕을 발라놓은 것처럼.
나쟈	(러시아어) 물론 남편도 이젠 죽어버렸지만 그 인간은 좋지 않은 기억으로 남았거든.
송윤경	가지들이 어쩌면 저렇게 많이 뻗어 있을까. 그런 생각을

하거든요.

나쟈   (러시아어) 움직이는 건, 이 열차가 마지막이었으면 좋겠어.

송윤경   외롭지는 않겠다. 그런 생각도 들고.

나쟈   (러시아어) 너는 나랑 닮았어.

딜뮤자가 잠든 아즈카를 업고 들어와 자리에 눕힌다.

송윤경   한국에서는요, 가지를 치거든요. 사람이 이렇게 가위로 잘라내는 거예요. 러시아 나무도 가지를 치겠죠?

나쟈   (러시아어) 그런 생각이 들어.

송윤경   나는 그걸 보면 슬픈 마음이 들더라구요.
내 새끼… 피지도 못하고 지는 새끼들.

딜뮤자가 아즈카의 머리카락을 쓰다듬는다. 천천히. 소중하게.

나쟈   (러시아어) 너는 어디로 가는 거야?

송윤경   바이칼호. 1월에 나는 거기로 가야 해요. 더 이상 잃을 수 없어요.

나쟈   (러시아어) 바이칼호.

송윤경   1월. 1월에 세 번. 세 명을 잃었어요. 내 배에서.
다 내 잘못이에요.
내 배가 얼마나 추웠으면 그렇게 떠나버렸을까요.
더 따뜻하게 해줬어야 했는데. 더 따뜻하게.

나쟈   (러시아어) 뭘 바라보는 거야?

김아델리아   (무심코, 한국어로) 뭘 바라보는 거야?

그러나 송윤경은 김아델리아의 목소리를 미처 듣지 못한다.

송윤경 텅 비어버리지 않게 꼭 끌어안고 있습니다.

(배를 감싸 안는) 아무것도 빠져나가지 않게.

그런데 이상하죠. 끌어안을수록 자꾸만 비어갑니다.

먹으면 먹을수록 몸에 있던 내장이 다 빠져나가는 것처럼……

(사이)

그 날 나는 꿈을 꾸었습니다.

낙지를 먹고 나는, 위액이 나올 때까지 구토를 했습니다.

4장
이르쿠츠크

기차가 멈춘다. 이르쿠츠크에 도착한다.

사람들의 시끄러운 목소리가 들리고, 딜퓨자와 아즈카는 내릴 준비를 한다.

나쟈도 짐을 챙긴다.

김아델리아는 잠든 송윤경 옆을 지키고 있다.

송윤경은 열병을 앓고 있다.

딜퓨자　(러시아어) 송은 아직도 열이 높아?

김아델리아　(러시아어) 약 기운에 잠든 것 같아요. 조금 나아졌어요.

아즈카　(러시아어) 엄마, 졸려.

딜퓨자　(러시아어) 이르쿠츠크에 다 왔는데…….

나쟈　(러시아어) 괜찮아. 바이칼호에는 내가 대신 갈 거니까.

딜퓨자　(러시아어, 김아델리아에게) 뭐가 괜찮다는 거야. 본인도 아니면서.

김아델리아　(러시아어, 딜퓨자에게) 그러게요. 모스크바에 간다더니.

나쟈　(러시아어) 모스크바는 조금 더 있다 가기로 했거든.

김아델리아　(러시아어) 움직이는 건 이 열차가 마지막이었으면 좋겠다고 했잖아요.

나쟈가 김아델리아를 바라본다.

김아델리아가 주춤한다.

나쟈   (러시아어) 맞아. 내 고양이들이 묻힌 땅에 묻힐 생각이었지.

김아델리아   (러시아어) …엿들어서 죄송해요.

나쟈   (러시아어) 송이 발음한 바이칼호를 들으니, 반드시 가야겠다는 생각이 들었어.

딜퓨자   (러시아어) 아즈카. 단 거 먹으면 꼭 양치질하고 자야 해.

아즈카   (러시아어) 메롱.

딜퓨자   (러시아어) 알겠지? 아빠가 괜찮다고 해도, 물로만 헹구는 건 안 돼.

아즈카   (러시아어) 싫어.

딜퓨자   (러시아어) 또 치과 가고 싶어?

아즈카   (러시아어) …아니.

김아델리아   (러시아어) 창밖에 바이칼호가 있었는데, 윤경에게 왜 말 안 하셨어요?

나쟈   (러시아어) 얼어있었으니까.

김아델리아   (러시아어) …그래두요.

나쟈   (러시아어) 직접 확인하라고 해. 난 그렇게 친절한 사람이 아니야.

딜퓨자   (러시아어) 아빠랑 집 도착하자마자 엄마한테 전화해야 돼.

아즈카   (러시아어) 그냥 엄마도 같이 가면 안 돼?

딜퓨자   (러시아어) 엄마가 금방 데리러 갈게.

아즈카   (러시아어) 약속.

딜퓨자   (러시아어) 약속.

나쟈 (러시아어) 송에게 꼭 전해줘. 또 만나자고.

김아델리아 (러시아어) 알겠어요.

사람들, 짧은 인사를 마치고 모두 내린다.

멈춰있는 기차.

김아델리아, 잠든 송윤경을 가만히 바라본다.

그 모습을 그리기 시작한다.

5장
노보시비르시크

송윤경이 자고 있다.

김아델리아와 딜퓨자가 잡지에 실린 십자말풀이를 하고 있다.

김아델리아 (러시아어) Л로 시작해요. 동물. 주로 갈색이나 흰색, 줄무

늬도 있다.

목에는 갈기가 있고 꼬리에는……

딜퓨자 (러시아어) 아! лошадь. 맞지? 말.

김아델리아 (받아 적는다)

송윤경 나는 꿈을 꾸고 있습니다. 아주 기나긴 꿈입니다.

바이칼호 앞에 서 있습니다. 거기에는 내 남편이 있습니

다.

남편은 호수처럼 반짝이는 눈으로 그곳을 바라봅니다.

나도 그 호수를 바라봅니다.

딜퓨자 (러시아어) 카자흐스탄에서는 말을 뭐라고 발음해?

김아델리아 (카자흐어) жылкы. 즐크.

딜퓨자 (우즈벡어) от. 어트.

김아델리아 (러시아어) 우즈베키스탄에선 그렇게 말해요?

딜퓨자 (러시아어) 응. 말고기 먹고 싶다.

김아델리아 (러시아어) 저도요. 자주 먹었었는데.

딜퓨자 (러시아어) 나도. 러시아에선 못 먹었어.

김아델리아   (러시아어) 한국도 잘 없어요.

송윤경   녹색의 물이 가득 차 있는 호수는 넓고 차분합니다.
         그 안에서 나는 내 아이들을 봅니다.
         내 뱃속에서 멈춰버린 아이들을 봅니다.
         우리 민주는 보이지 않습니다. 나는 민주를 찾습니다.
         민주, 넓고 차분한 나의 민주.
         민주는 남편의 옆에 서 있습니다.
         나는 민주와 그이를 부릅니다.

딜퓨자   (카자흐어) ЖЫЛҚЫ. 즐크.
김아델리아   (우즈벡어) ot. 어트.

         두 사람이 작게 웃으며 속닥거리는 소리.

송윤경   분명히 부르고 있는데, 소리는 들리지 않습니다.
         나는 말을 하고 있는데 아무것도 들리지 않습니다.
         남편과 민주는 가만히 호수를 바라봅니다.
         그러다가 이내 돌아서 버립니다.
         다른 호수로, 다른 호수로 떠나버립니다.
         그 호수엔 다른 엄마가 있습니다.
         민주가 그 사람을 엄마라고 부릅니다.
         호수같이 반짝이는 목소리로 엄마, 하고 말합니다.
         오래전, 민주를 뱄던 몸을 가진 엄마입니다.
         내가 보지 못한 민주와 남편의 시간을
         함께 한 사람입니다.

남편은 그 엄마에게 민주 엄마, 라고 말합니다.

아주 오랫동안 그리워한 목소리로.

민주 엄마, 라고 한 번 더 부릅니다.

"보고 싶었어."

그 말이 나오기 전에,

세 사람이 서로를 끌어안기 전에,

나는 더 큰 소리로 외칩니다.

여보----!

민주야-------!

김아델리아가 괴로워하는 송윤경을 발견하고, 곁으로 가서 그녀를 살핀다.

송윤경   하지만 내 목소리는 들리지 않습니다.

그들은 나를 바라보지 않습니다.

나는 다시 몸을 돌려 호수를 바라봅니다.

넓고 차분한 바이칼호.

김아델리아 아줌마?

송윤경   거기에 내 아이들이 있습니다.

나는 호수로 걸어갑니다.

김아델리아 아줌마.

송윤경   천천히 그곳으로, 천천히.

김아델리아 아줌마!

김아델리아가 흔들자, 송윤경이 깨어난다.

김아델리아 들어? 정신?

송윤경	…어디쯤 왔니.
김아델리아	노보시비르스크. 다음.
송윤경	이르쿠츠크는?
김아델리아	갔어. 지나. 지나갔어.
	아줌마. 아팠어. 계속. 잤어.

딜퓨자가 다가온다.
송윤경에게 물을 건넨다.

딜퓨자	얼 유 오케이?
송윤경	…아즈카는?
딜퓨자	(가만히 미소)
김아델리아	(보다가, 대신) 데려다줬어. 아즈카. 아빠한테.
송윤경	갔구나. 아즈카.
딜퓨자	(러시아어) 전 다음 역에서 내려요.
	사촌 언니가 일자리를 마련해놨다고 했어요.
	가서 돈 열심히 벌어, 아즈카 데려올 거예요.
김아델리아	아줌마는 다음 역. 내릴 거야. 사촌 언니. 일자리. 줘서.
	거기 돈 벌어. 아즈카. 데려와.
송윤경	(보는) 참 밝네. 아들처럼.
김아델리아	(러시아어) 밝대요. 아들처럼.

딜퓨자가 웃는다.

| 딜퓨자 | 얼 유 고잉 백? 바이칼? |
| 김아델리아 | 돌아갈 거예요? |

송윤경　아무도 건넨 적 없는 질문들.

김아델리아　어디로 갈 거예요?

　　　　　어디로, 가고 싶어요?

송윤경　(따라하는) 어디로.

딜퓨자가 아즈카가 주워 왔던 매니큐어를 발견한다. 줍는다.

딜퓨자　(러시아어) 난 도착하기 전에 식당칸에 가서 배 좀 채워야

　　　　　겠어. 도착하면 밥 먹을 시간 없이 일해야 하니까. (웃는)

　　　　　뭐 먹으러 갈래요?

김아델리아　(송윤경에게) 식당칸에, 밥 먹는다. 도착하면 일한다. 밥 못

　　　　　먹고. 아줌마. 뭐 먹으러 갈 거냐고. 물어봐.

송윤경　(고개 젓는) 괜찮아요.

김아델리아　(러시아어) 괜찮대요.

딜퓨자　(러시아어) 학생은?

김아델리아　(송윤경에게) 학생은? (사이, 자기에게 한 질문임을 깨닫고) 아.

　　　　　나. (러시아어) 괜찮아요.

딜퓨자가 웃으며 나간다.

김아델리아　(무심코, 능숙한 한국어) 아. 정신없어.

송윤경　똑똑한 것도 힘드네.

김아델리아, 자신이 한국어로 말했다는 것을 깨닫고 잠시 당황.

김아델리아　그. 그. 무슨 꿈. 꿨어.

송윤경　꿈?

김아델리아　아줌마. <u>으으- 으으으-</u> 했어. 꿈. 꿨어?

송윤경　그런 것 같기도 하고.

김아델리아　나도 꿨어. 나쁜 꿈.

송윤경　무슨 꿈?

김아델리아　매일. 꿨어. 나. 인형 뽑기. 인형 됐어.

송윤경　인형?

김아델리아　통. 엄청 많아. 인형. 거기 나 있어. (시늉하는) 사람이. 돈 넣고. 집게가. 위잉. 탁.

송윤경　선택 받은 거네.

김아델리아　싫어. 나쁜 꿈.

송윤경　(문득) 무슨 인형이었어?

김아델리아　나?

송윤경　응. 동물 인형?

김아델리아　거울. 없어. 몰라.

송윤경　아.

김아델리아　통. 유리 아니. 아주 까만. (러시아어) 쇠? 철? (한국어) 철.

송윤경　답답했겠다.

김아델리아　응.

송윤경　어쨌든 통에서 나오게 됐으니까, 잘 된 거네.

김아델리아　아니. 싫어. 누가 잡으면. 아파. 여기. 허리. 엄청 아파. 그리고. (무서운 이야기 하듯) 통에서 나오면. 또. 통이야. 계속. 통.

송윤경　(이입해서) 너무 무섭다.

김아델리아　웅. 무섭지.

송윤경　괜찮아. 꿈이니까.

김아델리아　웅.

송윤경　소리라도 질러 보지. 가만히 좀 두라고.

김아델리아　(잠시 고민하다가) 나가고 싶어. 그래도.

송윤경　다음부터는, 통에서 나오잖아. 그러면 너 뽑은 사람 뺨다
　　　　구를 날려버려.

김아델리아　(품, 하고 웃는)

송윤경　(진지한) 원숭이 인형이면 좋겠다. 거북이 같은 거면, 못
　　　　때리잖아.

김아델리아　(웃는다)

기차가 터널을 지난다.
꽤 오랜 시간. 그리고 어둑한 밤.

김아델리아와 송윤경, 잘 준비를 한다.
송윤경이 먼저 눈을 감는다.

딜뮤자가 들어온다.
김아델리아와 작게 인사를 나눈다. (동시에)

송윤경　(동시에) 그날, 나는 꿈을 꾸지 않았습니다.
　　　　단지 기억하지 못하는 건지, 정말 꿈을 꾸지 않은 건지는
　　　　알 수 없지만,

그 날 나는, 날 위해 소곤대는 목소리들 속에서, 한참 동안
단잠을 잤습니다.

송윤경이 잠이 든다.

딜퓨자가 조용히 짐을 챙겨 열차에서 내린다.

김아델리아도 잠이 든다.

6장
모스크바

이른 아침.

송윤경이 창밖을 보고 있다.
김아델리아가 짐을 챙기며 송윤경을 힐끔힐끔 바라본다.

김아델리아　아줌마. 할래? 이거. 퀴즈. 가로세로 퀴즈?

송윤경이 본다.

김아델리아　……아. 안 돼. 이거. 러시아말.

송윤경이 다시 고개를 돌린다.
정적 흐른다.

김아델리아　모스크바, 좋아.
송윤경　　…너도 모스크바에 가?
김아델리아　(끄덕이는)
송윤경　　종점까지 와버렸네.

김아델리아　왜. 바이칼 호?
송윤경　　응?
김아델리아　가려고 했어? 왜?

송윤경	그냥. 다들 가는 곳이라서.
김아델리아	누구.
송윤경	내 남편. 우리… 민주.
김아델리아	그래서? 가? 다들 가는 곳?

침묵.

열차 소리만 들린다.

송윤경	너는 왜 모스크바에 가?
김아델리아	모스크바에서 까작스탄.
송윤경	카자흐스탄?
김아델리아	집.
송윤경	그런데 왜 러시아에 있었어?
김아델리아	러시아. 아니. 한국.
송윤경	한국에 있었어? 그래서 한국말을 잘 하는구나.
김아델리아	별로. 잠깐 있었어.
송윤경	한국어 더 잘하는데, 일부러 그러는 거지?
김아델리아	…그닥.
송윤경	(재미있는 듯, 웃는다)
김아델리아	나 증조할머니. 고려인.
송윤경	고려인. (사이) 귀화.
김아델리아	난. 아니. 난, 한국 고향 아니.
송윤경	카자흐스탄에서 태어났니?
김아델리아	(끄덕이는)
송윤경	그런데 왜 혼자 가?

50

김아델리아	엄마. 할머니. 한국에.
송윤경	집이 한국에 있는데 혼자 카자흐스탄에 가는 거야?
김아델리아	엄마. 할머니. 말해. 매일. 한국 사랑해야 돼. 넌 한국사람. 난 한국 태어나지 아니. 한국 나 사랑하지 아니. 왜 거기. 내 집?
송윤경	…….
김아델리아	(러시아어) 한국이 나를 가족이라고 생각하지 않는데 나 혼자 거길 집이라고 생각할 이유는 없잖아. 고려인 4세라고 스무 살이 되면 한국에서 나가라는데, 집도 아닌 곳에서 쫓겨나긴 싫었어. 난 내 발로 당당하게 나왔어. (한국어) 나 선택해. 내 집. 가.
송윤경	…그 집엔 누가 있지?
김아델리아	아무도.
송윤경	아무도 기다려주지 않는 집이 무슨 소용이야?
김아델리아	…….
송윤경	아무도 없는 집이 무슨 집이야.

김아델리아	나 있어.
송윤경	뭐?
김아델리아	(힘주어) 내가, 있어.

사이.

| 김아델리아 | (러시아어) 나는 나이기 위해 카자흐스탄으로 가. 아무도 나를 움직일 수 없어. 나만이 날 움직이게 할 거 |

야.
당신도 당신일 수 있는 곳으로 가.

사이.

송윤경 그때. 알아들을 수 없는 그 애의 러시아 말을 듣는 순간,
생각이 났습니다.
남편이 낙지를 먹으면서 했던 말. 1월, 그 날의 말.
그건- 러시아어였습니다. (허탈한 웃음) 러시아어.
(어설픈 러시아어로) 당신도 당신일 수 있는 곳으로 가.
내가 알아들을 수도 없었던.
그래요, 그래서 나는 화가 났고, 블라디보스토크로 향하는
티켓을 샀습니다.
알아들을 수 없는 말을 하는 가족에게 화가 났습니다.
끔찍한 상상을 하게 만드는 텅 빈 언어.

사이.

송윤경 그 말을 찾고 싶었는지 모릅니다.
김아델리아 (러시아어) 당신도 당신일 수 있는 곳으로 가.
송윤경 그러나 이제, 그 말의 뜻을 몰라도 괜찮겠다는 생각이 듭
니다.

두 사람, 가만히 창밖 풍경을 바라본다.

송윤경 …해 뜨네.

52

송윤경과 김아델리아 짐을 챙기기 시작한다.

송윤경이 마트료시카를 챙기는데, 하나가 없다.

송윤경　　　(세며) 하나, 둘…… 셋이 없잖아.

김아델리아　(러시아어) 아즈카가 가져갔네.

송윤경　　　아즈카? 아, 그 녀석이……!

김아델리아　(웃는)

송윤경　　　우리 민주 주려고 산 건데…….

그때, 김아델리아가 자신의 가방에서 똑같은 마트료시카를 꺼낸다.

송윤경　　　아니…….

김아델리아　나쟈. 할머니. 선물. 나.

마트료시카를 열었는데, 안이 텅 비어있다.

김아델리아　근데 하나.

송윤경, 어이가 없어서 웃는다.

김아델리아, 함께 웃는다.

열차가 천천히 멈추기 시작한다.

김아델리아　나. 선물. 아줌마.

김아델리아가 그림을 선물한다.

송윤경을 그린 그림이다.

삐뚠 한국어로 '성윤경'이라고 써있다.

송윤경　이건 '성윤경'인데.

김아델리아　(유심히 보는) 송윤경.

송윤경　아니야. 이건 성. 나는 송.

김아델리아　미안.

송윤경　(빤히 보다가)

송윤경, 펜으로 '성'에 엑스치고 '송'이라고 바르게 쓴다.

그리고 자신의 마트료시카에서 첫 번째만 남기고 나머지를
김아델리아의 마트료시카 안에 넣어준다.

송윤경　(따라 하며) 아줌마. 선물. 너.

김아델리아가 마트료시카를 받아든다.

열차가 완전히 멈추고, 문이 열린다.

송윤경　모스크바. 여기가 모스크바.

김아델리아　김아델리아.

송윤경　(보면)

김아델리아　내, 이름.

송윤경　김아델리아.

김아델리아　(끄덕이는)

송윤경　송, 윤, 경.

내 이름.

송윤경.

두 사람, 웃으며 열차에서 내린다.

모스크바를 향해.

막.

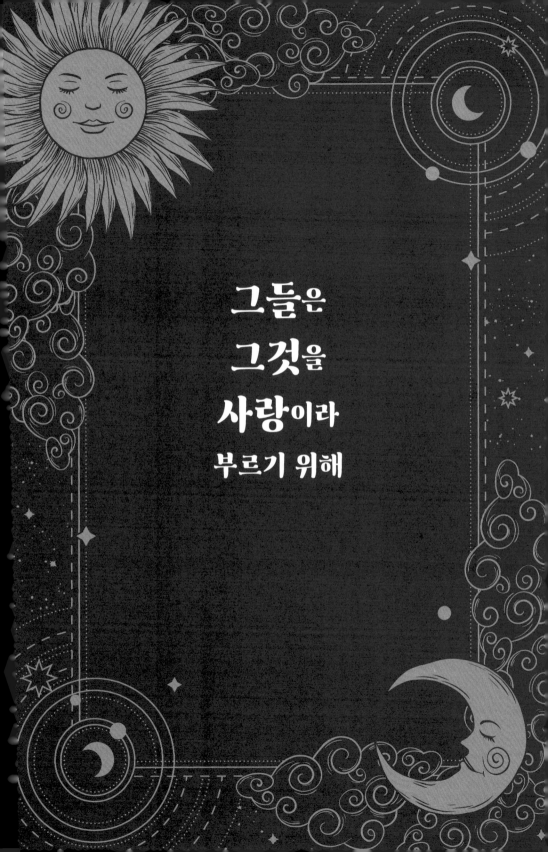

등장인물

Q

A

고미주

위건우

나

*'나'는 A와 같은 배우가 연기한다.

무대

무대에는 두 개의 세계가 있다.

Q와 A의 세계(1)와 고미주, 위건우가 사는 세계(2)다.

(1)

Q와 A의 가족이 사는 집, 4층,

가장 구석진 복도 끝에 위치한 욕실이다.

꽤 넓지만, 빛은 잘 들어오지 않는다.

한 개의 욕조와 한 개의 변기.

욕조 옆에는 낡은 커튼.

작은 창문이 변기 위에 있다.

(2)

고미주와 위건우가 함께 살기 위해 짓고 있는 집.

큼지막한 가구들만 몇 개 놓여있다.

공사는 끝났으나 어수선하다.

빛이 환하게 들어온다.

1. (1)-1

여기는 다락방 바로 아래 위치한, 집의 끄트머리,
그러니까 다락방에 살고 있는 Q가 주로 쓰는 화장실이다.

Q가 창문을 활짝 연다. 바람이 들어온다.

Q가 혼자서 크림빵을 먹으며 인형 놀이를 시작한다.

Q   그러니까 이건, 크림빵을 만드는 이야기다.

어느 마을에 빵을 아주 잘 만드는 제빵사가 살았다.
그 제빵사는 빵 만드는 걸 아주 좋아했다.
그래서 하루에 백 개… 오백 개! 천 개가 넘는 빵을 만들
었다.

하지만 그 마을에 빵은 딱 한 종류밖에 없었다.
밀가루랑 우유랑 버터를 넣어 만든 빵. 그게 전부였다.
사람들은 하루에 한 번씩 꼭 제빵사의 가게에 들러 빵을
사 갔다. 제빵사는 자부심이 있었다!
내 빵이 없으면 우리 마을 사람들은 굶어 죽고 말 거야.
그렇게 생각하면서 열심히 빵을 구웠다.

그러던 어느 날.
오늘도 열심히 가게를 열 준비를 하던 제빵사는

씻는 시간도 아까워 면도를 하며 반죽을 하고 있었다.
한 손으론 슥슥 턱을 밀고,
한 손으론 능숙하게 반죽을 쳐댔다.
그런데 그때, 면도 거품이 바닥으로 뚝. 떨어지고.
빵이 다 구워졌다는 오븐 소리가, 삐비빅. 삐비빅.
제빵사가 몸을 돌려 걸어가려는 순간,
제빵사의 발이 거품을 밟으면서 그대로 쭈우우욱—
우당탕탕.
반죽 그릇과 함께 제빵사가 넘어져버린 것이었다.

먼발치에서 가방을 멘 A가 나타난다.
A는 교복 상의에 체육복 바지를 입고 있다.

Q   제빵사는 넘어진 자세 그대로 꼼짝도 할 수 없었다.
몸이 도무지 움직이질 않았다.
안돼. 오븐!
그 순간에도 제빵사는 오늘 마을 사람들이 먹을 빵을 생
각했다.
빵이 타버릴 텐데.
제빵사는 혼자 살았고, 직원조차 없었다.
몇 발자국만 더 가면 홀로 통하는 문이 있다.
하지만 몸을 일으킬 수가 없어.
뜨뜻한 무언가가 배를 적시는 것 같다.
면도 거품이 이렇게 따뜻했었나.
제빵사가 가까스로 고개를 돌려 보면,
피.

제빵사의 손에 있던 면도칼이
어쩐지 배에 푹 찍혀버린 것이다.
제빵사는 숨이 가빠오는 것을 느낀다.
고소한 빵 냄새가 제빵사의 머리를 가득 채운다.
안돼. 빵.
빵이 타버릴 텐데.
마을 사람들이 먹을 빵…….

훔쳐 듣던 A가 재채기를 한다.
Q가 놀라서 욕조로 숨는다.
A가 조심스레 나타난다.

A   어……. 미안.

A가 슬금슬금 다가간다.

A   어. 진짜 미안해. 내가 그… 어. 금방 나갈게! 진짜로. 미안.

A가 가방에서 교복 바지를 꺼낸다.
눈치를 보며 팬티도 꺼낸다.
급하게 물에 적신다.

그 모습을 지켜보던 Q가 천천히 나온다.

Q   너구나.
A   미안. 미안. 훔쳐보려던 게 아닌데.

	(멈칫) 아, 나 여기 써도 되지? 화장실.
Q	(으쓱하고, A가 빼는 것들을 본다)
A	(등 뒤로 감추는)
Q	넘치겠어. 물.

A가 물을 끈다.
Q가 더 다가간다.
빤히 자신을 바라보는 Q 때문에 몸을 뒤로 점점 빼는 A.

A	……아 …안녕?
Q	안녕.
A	있잖아. 그.
Q	(더 다가가는)
A	발을 밟았어.

Q가 뒤로 물러난다.

A	고마워.
Q	실내화 신고 왔네?
A	어. 까먹었네. 급하게 나오는 바람에.
Q	너 A지?
A	날 알아? ……근데 사실 나도 너 누군지 알아.
Q	내가 누군데?
A	Q.
Q	(불쑥 다가가며) 내 얘기 많이 해?
A	어? 누구?

Q	너희들 말이야. 내 얘기, 요즘도 많이 해? 무슨 얘기든 좋아.
A	그게…… 아니. 안 한 지 꽤 됐어.
Q	(실망) 그렇구나.
A	저기.
Q	(보는)
A	이거. 비밀로 좀 해줄래.

A가 세면대를 가리킨다.

Q가 씩 웃는다. 그리곤 코를 막는다.

A	냄새나? 아닌데. (킁킁대는)
Q	그것 때문에 조퇴했구나. 아직 끝날 시간 아니잖아?
A	(눈치 보다가) 야. 좀 봐주라. 뒷문으로 올 수밖에 없었어. 오늘 J엄마도 일 안 나갔고, T랑 K네 학교는 오늘 방학식 했을걸.
Q	J엄마 일 안 나간 건 맞는데 아까 데이트하러 나갔어. T랑 K네 학교는 내일이 방학식일걸? Y아빠가 있긴 한데, J엄마랑 섹스하고 뻗었어. Y아빠는 회사 짤렸거든.
A	……너 그걸 어떻게 다 알아? 아래층에 있는 나보다도 잘 아는 거 같아.
Q	듣거든. 여기서 가만히. 환풍구를 통해서 다 들려. 조용히 귀만 기울이면. 발자국 움직이는 소리 하나도.
A	(조금 질색하며) 그렇구나.
Q	무서워?

A   음…… 조금.

Q   다 들린다는 건 사실 뻥이야. 다 들리는지 어떤지는 알 수
       없지. 난 너희가 얘기하는 순간 거기 없었고, 그 대화가
       얼만큼이었는지 난 평생 모를 테니까.

A   너… 말을 잘하네.

Q   나에 대해 이런저런 추측하는 말들, 재밌었는데. 아쉽다.
       내가 모르는 얘기가 더 있길 바랐는데.

       Q가 크림빵을 크게 베어 문다.

A   (눈 못 떼며) 어, 그래서, 비밀로 해줄 거지?

Q   여기 온 거, 처음이야.

A   내가?

Q   청소도 내가 직접 할 거니까, 그들 보고 올라오지 말라고
       했어.

A   그들?

Q   아래층의 그들.

A   엄마 아빠들을 말하는 거야?

Q   이 집에 사는 모든 사람들. (크림빵 하나 꺼내 건네며) 먹을
       래?

A   …그래도 돼?

Q   먹어. 여기 있는 건 다 내 거야.

       A가 크림빵을 허겁지겁 먹는다.

A   그 말 좀 멋지다.

Q   애들한테 여기 얘길 할 거야?

A   (생각하다가) 아니.

Q   나도.

A가 Q를 보고 씩 웃는다.
Q도 웃는다.

A   근데 그 제빵사는 어떻게 됐어?

Q   (보는)

A   너무 궁금해서…….

Q   며칠 동안 제빵사는 조리실에 갇혀있어. 물론 누가 가둔 건 아니지만. 아무도 제빵사를 찾으러 안 와. 사실 마을 사람들은 모두 빵을 만들 줄 알거든. 아주 간단한 빵이니 까. 그냥 집에서 각자 만들어 먹어. 맛이 똑같으니까 굳이 찾을 필요가 없지.

A   제빵사는… 죽어버린 거야?

Q   아니. 밀가루값을 받으러 온 소년한테 발견돼. 그래서 몇 달간 치료를 받고……

A   …좀 시시하다.

Q   중요한 건 그 다음이야. 몇 달간 병원에만 있던 제빵사가 가게로 돌아오거든. 가게는 텅 비어있지. 아무도 찾아오 지 않았으니까. 제빵사는 다시 조리실로 들어가서… 자기 의 피와 썩어버린 반죽을 바라보지. 눌어붙은 면도크림. 그걸 보고 크림빵을 만들기로 한 거야.

A가 자기가 먹던 크림빵을 이상하게 바라본다.

Q	무슨 말인지 알겠어? 누구나 만들 수 있는 그런 빵 말고, 달고 맛있는, 특별한 빵을 만들기로 한 거지.
A	……크림빵이 그렇게 특별한 줄은 몰랐는데.
Q	더 맛있게 느껴지지 않아?
A	소설책에 나오는 얘기야?
Q	아니. 그냥 내가 만든 거야.
A	네가 만들었다고?
Q	얘랑 같이.

Q가 인형을 들어 보인다.

A	너 좀 짱이다.
Q	그냥 재미로 만든 거야. 그런 얘기 몇백 개는 더 있어.
A	몇백 개나?
Q	아마 그럴걸.
A	난 그런 데 진짜 소질 없거든. 이번에 연극반에서도…… (Q의 눈치를 본다)
Q	연극반?
A	웃기지. 아무한테도 말하지 마. 아마 들으면 다 웃을 거야.
Q	왜?
A	봉사시간 준다고 해서 들어간 거야. (사이) 이번에 연극반 선생님이 새로 오셨거든. 별로 인기도 없어.
Q	재미있을 것 같은데.
A	너 같은 애가 연극반을 해야 되는데. 나도 내가 왜 거기 들어갔는지 모르겠어. 선생님은 왜 나 같은 애한테 같이

하자고 하셨을까.

A가 어딘가 정신이 팔린 채, 크림빵을 모두 입에 넣는다.

A   넌 좋겠다. 학교도 안 가고, 귀찮은 것들 안 해도 되잖아.
         혼자 먹을 것도 이렇게 많이 가지고 있고.
         난 맨날 바글대는 애들이랑 나눠 먹어야 하는데.

Q   내가 부러워?

A   음…… (보다가) 물론 몸이 아픈 건 좀 싫지만…….

Q   내가 아파 보여?

A   으음…… (보다가) 얼굴이 좀 하얗고…… 하지만 아파 보
         이진 않아.

Q   나 안 아파. 말짱해.

A   그런데 왜 여기 있어……? H아빠가 그랬어. 넌 불치병에
         걸렸대. 약이 없어서 평생 집 안에만 있어야 한대. (문득)
         너 혹시, (물러서며) 전염병이야?

Q   (크게 웃는다)

A   ……. 그래. 전염병이어도 어차피 늦었겠다.

Q   A, 난 너를 꼭 만나보고 싶었어.

A   ……나를?

Q   그래, 너를.

A   나를 왜?

Q   네 목소리가 너무 예뻐서.

A   내가? (보다가) …글쎄.

잠깐의 사이.

A가 물 묻은 옷을 짠다.

A	난 가봐야 해.
Q	아직 학교 끝날 시간 아니잖아?
A	단축수업 했다고 하지 뭐.
Q	옷, 여기 널어도 좋아.
A	(곤란한 얼굴)
Q	그대로 들고 가면, 뭐라고 변명하게?
A	그래, 고마워.

Q가 A의 옷을 널어준다.

Q	창문 앞에 널어야 바람이 들어와서 금방 말라.
A	너 참 똑똑하다.
Q	내가? 글쎄.
A	난 너무 평범해서 사람들이 있는 줄도 모르거든. 한 학년이 다 끝나도 내 이름 모르는 애들이 있다니까. (웃는) A? A가 누군데?
Q	그거참 이상하다. 난 네 목소리만 들리던데.

A의 낯선 표정.
다시 잠깐의 사이.
A가 피한다.

A	고마워. 어쨌든 난 가봐야겠어. 숙제가 많거든.
Q	내가 도울 게 있으면 말해줘.

A   ……. 어. 그래.

Q   숙제하러 가 봐.

A가 나가려고 한다.

A   너, 내가 맨날 실수하는 거 아닌 거 알지. (옷 가리키는)

Q   알지.

A   그냥 오늘은, 왜 그런지 모르겠어. 그냥, 못 참았던 거야.

사이.

Q   근데 그게 나쁜 거야?

사이.

A   갈게.

Q   안녕.

사이.

A   …옷. 찾으러 올게.

A가 나간다.

Q가 인형을 만지작거린다.

2. (1)-2

Q가 인형과 함께 창밖을 본다.

휘날리는 A의 옷자락.

Q의 이야기(혹은 노래일 수도)가 진행되는 동안

서서히 밤이 된다.

Q   사랑은 전체를 향한다.

머리카락, 귓바퀴, 쇄골과 젖꼭지, 배꼽, 음모, 사타구니,

무릎, 발목과 발톱.

사랑은 전체를 흐른다.

아버지는 어머니를 사랑한다.

어머니는 수학 선생님을 사랑한다.

수학 선생님은 옆집 사람을 사랑한다.

옆집 사람은 아버지를 사랑한다.

아버지는 수학 선생님에게 히아신스를 선물한다.

어머니는 옆집 사람의 초상화를 그려준다.

수학 선생님은 어머니와 드라이브를 하고

옆집 사람과 아버지는 함께 밤낚시를 한다.

아버지와 어머니와 수학 선생님과 옆집 사람은 종종

다른 사람의 마당에서 바비큐 파티를 즐긴다.

그게 어머니가 아버지를 사랑하지 않는다는 뜻은 아니다.

그들은 서로를 사랑한다.

그들은 서로의 전체를 사랑한다.

그들은 그것을 사랑이라 부른다.

3. (1)-3

Q가 나간다.

긴 사이.

A가 조심스럽게 들어온다.
두리번거린다.
아무도 없는 것을 확인하고,
A가 널려있는 자신의 옷을 빠르게 걷는다.

그러다가 창틀에 놓여있는 Q의 인형을 발견한다.
살짝 인형을 만져본다.

문득, 욕조의 커튼을 휙 젖힌다.
욕조에 Q가 있다.

Q   A?

A   …….

Q   뭐야?

Q가 A의 손에 들린 인형을 본다.
A가 당황하며 인형을 돌려준다.

A   옷. 옷 가지러 왔어. 내일 월요일이잖아. 학교 가는 날.

Q   (받으며, 빤히 보는)

A   아니. 인형. 인형이 혼자 있길래. Q가 아끼는 것 같아서.

Q   고마워. 근데 여긴 내 공간이야. 걱정 안 해도 돼.

A   제빵사가 생각나잖아. 갑자기. (정신 차리며) 나 되게 웃기다.

Q   옷, 잘 말랐지?

A   응. 보송보송해.

사이.

A가 잠시 머뭇거린다.

Q   무슨 할 말 있어?

A   어…… 그…… (생각하다가) 그런데 넌 왜 여기에 있어? 그러니까…… 여긴 화장실이잖아.

Q   그냥. 난 여기가 좋아. 특히 이야기를 만들 때.

뭔가가 태어나기에 좋은 장소잖아.

A   (생각하다가) 어… 혹시…… 변기에서 태어나는 거 말하는 거야?

Q   (웃는다) 여기선 다들 똑같잖아. 그게 누구든. 여기 오면 바지 내리고 볼일을 보거나… 홀딱 벗고 몸을 씻거나.

A   뭐… 그렇겠지? 그러라고 있는 데니까.

Q   특별한 게 태어나기 좋은 곳 같지 않아?

A   (갸웃) 글쎄. (둘러보며) 어쨌든 여기서 이야기가 잘 만들어진다 이거지?

A가 새삼스럽게 둘러본다.

Q가 그런 A를 본다.

Q　　왜?

A　　아니. 그냥. …미안. 내가 너무 관찰했지. 네 공간인데. 그게… 실은……. 연극반 숙제를 아직도 못 했거든.

Q　　숙제? 뭔데?

A　　'나'로 시작하는 이야기 만들기.

Q　　음.

A　　…난 사실 그게 뭔지도 잘 이해 못 했어.

Q　　그럼, 이야기를 만들어서 연극을 하는 거야?

A　　재밌는 이야기를 하나 뽑는대. 난 진짜 모르겠어. '나는' 하고 딱 한 마디 써놓고 뭐라고 해야 하는지 감도 안 잡히는 거 있지.

Q　　그냥 쉽게 생각해도 될 것 같은데. '나는' 하고 떠오르는 걸 아무거나 붙여봐.

A　　아무거나? (사이) 어…… 음…… 나는…… 나는… 배고프다?

Q　　좋아. 너는 배가 고프다. 그리고?

A　　그리고? (고민하는)

Q　　아니다. 좀 더 쉽게 해볼게. 너는 배가 고프지. 그래서?

A　　그래서. 그래서…… 그래서 나는, 먹는다?

Q　　뭘?

A　　밥을 먹는다.

Q　　좀 더 구체적이면 좋을 것 같은데.

A　　밥… 밥을 먹으려고 했는데, 밥통에 밥이 없어서… 라면

74

을 끓여 먹는다.

Q   (웃는다) 좋은데?

A   (한참 생각하다가) 완전 이상한데.

Q   그렇게 시작하는 거지.

A   Q, 저기, 그러지 말고. 네가 좀 더…… 적극적으로 도와주
     는 건 어떨까? 왜 있잖아, 네가 만든 얘기. 엄청 많다며.
     재미있는 상황 같은 거 있을 거 아냐.

Q   (한참 보다가) 너, 잘하고 싶구나?

A   아니, 아니, 딱히 그런 건 아닌데……. (사이) 어쨌든 선생
     님이… 나한테 먼저 말해주기도 했고…… 잘할 것 같다
     고. 내가 잘할 것 같다고 했거든. 왠진 모르겠지만.

Q   그래, 이해해.

A   도와줄 거야?

Q가 인형을 만지작거린다.

Q   좋아.

A   진짜?!

Q   새로 만들어보고 싶은 이야기가 있었거든. 널 보면서.

A   날 보면서…?

Q   응. 재미있을지는 모르겠지만?

A   아냐, 좋아, 좋아. 어떤 거든 상관없어. 그냥 좀, 멋져 보이
     기만 하면.

Q   그럼 어떤 상황 같은 것만 만들어줄게. 그 뒤는 A 네가,
     음, 우리 같이 만들어보는 거야. 어때?

A	좋아! 너무 좋아. …나 이거 적어도 돼?
Q	일단 들어봐. 듣고 나서 판단해도 되니까.
A	그래. 그럴게.
Q	그러니까… 이건. 어떤 집에 대한 이야기야.

4. (2)-1

무대에 고미주와 위건우가 살고(짓고) 있는 집이 생긴다.

그들이 직접 무대 위에 자신들의 집(대도구 같은 것)을 나른다.

Q　　그곳에 있는 누군가를 상상해봐. 어떤… 부부.

A　　부부? 몇 명인데?

Q　　두 명.

A　　단둘이?

Q　　응. 단둘뿐이야. 그게 이 세계의 규칙이야.

A　　둘이서만 사는 거?

Q　　둘이서만 사랑하는 거.

A　　(생각하다가) 으. 좀 이상한데. 그럼 다른 사람을 사랑하면 어떻게 해?

Q　　그럼 그 사람과 새로운 관계를 시작하는 거지. 다시, 둘.

A　　뭐하러 그렇게 하는데?

Q　　글쎄. 일단 이 집부터 설명해줄게.

Q　　이 집은 부부가 만든 집이야. 두 사람은 건축가고, 함께 사무소를 운영하고 있지. 결혼한 지는 4년, 아니다, 5년 정도 됐어.

A　　거기 사는 거야?

Q　　살기 위해 짓는 거야. 아직 다 완성되지는 않았거든. 이 집은 두 사람이 오랫동안 계획한 프로젝트였어. 20대에 같이 그린 집이었거든.

A   진짜 멋지다. 꿈의 집 같은 거네?

Q   그렇지. 상상해봐. 어떤 한적한 바닷가 마을. 시내까지는 차를 타도 40분이 걸려. 아주 긴 다리를 건너야 하거든. 그런 외진 곳에 부부가, 그들만의 성을 짓기로 한 거지. 공사가 덜 끝났을 때 부부가 살던 집 계약이 끝나버려서, 두 사람은 계속 호텔을 전전하고 있었어. 그래서 새집에 조금 일찍 들어가기로 한 거지. 제대로 된 가구도 들이지 못한 집에. 그래도 괜찮았어. 나름 운치가 있었거든. 그들은 그런 걸 즐길 줄 알았어. 두 사람은 이미 서로로 완벽했으니까. 돌발 상황 같은 건 스트레스가 아닌 재미있는 이벤트 정도로 느껴졌지. 자, 그러니까 이 집에서, 그들의 첫 대사는,

고미주   (기지개 켜며) 배고프다.

A   …정말 그걸로 되는 거야?

Q   (끄덕이며, 그들을 본다)

위건우   벌써 시간이 이렇게 됐네. 정리도 얼추 끝난 거 같은데, 뭐라도 좀 먹을까?

고미주   아아. 나가서 먹기 싫다.

위건우   라면이라도 끓여 먹을까?

고미주   라면? 있어?

위건우   이런 날이 있을 줄 알고 작업실에서 몇 개 챙겨왔지.

고미주   어이구. 기특해.

위건우   가스버너도.

Q   오늘은 두 사람이 처음 새집에서 잠을 자기로 한 날. "텐
         트라도 치고 잘까?" "침낭도 있고."

고미주   좋다. 캠핑 온 것처럼.
위건우   그라나다 생각나네.
고미주   그때보단 낫지. 적어도 노숙은 아니잖아. (웃는)

Q   두 사람 사이엔 강한 신뢰가 있었어. 서로가 서로에게 완
         전하다는.

위건우   (누우며) 그러네- 벽채도 있고, 천장도 있고. (들이마시며)
         나무 냄새.
고미주   (핀잔주듯) 톱밥 냄새. (웃는) 라면 끓이신다면서요.

Q   단어 하나로 묶어둔 오래된 추억들.

위건우   누워봐. 등이 딱딱한 게, 진짜 옛날 생각난다.
고미주   바닥 아직 더 닦아야 돼.
위건우   현장 가서 같이 낮잠 자고 그랬는데.
고미주   아저씨들 식사하고 돌아오셔서 깜짝 놀랐잖아.
위건우   그래도 좋았다. 그 때 아니면 같이 있을 시간 없었으니까.

         고미주가 위건우의 머리카락을 정리해준다.

Q   정리될 필요 없는 무한한 약속들.

고미주   새삼스럽다. 이 집. 우리 같이 이십 대에 그린 거잖아.
위건우   할아버지 돼서야 완성할 수 있을 줄 알았는데.

Q   차곡차곡 쌓아온 행복의 기록들과 그 순간마다 마주했던,
서로의 웃는 얼굴.

고미주   좋다.

Q   그걸로 그들은 충분했어.

위건우   …좋네.

Q   다른 누구도 필요하지 않아. 이 세상에 우리 둘. 딱 두 사
람. 너와 나.
서로만이 우리야. 유일한, 우리.

어두워진다.

5. (2)-2

이른 새벽.

빗소리.

위건우가 위스키를 마시며 창밖을 보고 있다.

고미주가 다가온다.

고미주	언제 일어났어?
위건우	한 십 분 전?
고미주	알람도 안 울렸는데.
위건우	그러게. 빗소리에 눈이 떠졌네.
고미주	(위건우가 든 잔을 보는)
위건우	커피 줄까?
고미주	응. 내가 내려 마실게.

사이.

위건우	고양이 말이야. 영영 가버렸나 봐.
고미주	사료 그대로야?
위건우	응. 기껏 포대로 샀더니.
고미주	언젠가 또 들르지 않을까? 집 없는 애니까.
위건우	오늘부터 장마라는데.
고미주	맞다. 오늘 서울 간다고 하지 않았어?
위건우	응. 전시장에 무슨 문제가 좀 생겼다고 해서.

고미주	서둘러. 비 더 쏟아지기 전에.
위건우	그래야지.

사이.

위건우	그러고 보니까 거기도 고양이네.
고미주	?
위건우	전시장 말이야.
고미주	…설마 고양시라서?
위건우	……. (사이) 고양이 가족이 안에 터를 잡았대잖어.
고미주	? 전시장 안에? 아니, 근데 그것 때문에 자길 불렀다고?
위건우	그게, 하필 내 작품 안이라네.
고미주	뭐?
위건우	그거 있잖아. 〈무대가 소멸할 확률〉
고미주	그, 나무 무대 세우고, 사람 모형 넣어두고 뭐, 그거?
위건우	응. 그 안에 들어갔대. 고양이들이.
고미주	(놀라는) 거길 어쩌다……
위건우	그러게. 작품 망가질까 봐 다들 곤란해하는 거 같아서. 내가 가본다고 했어.
고미주	이번 전시 잘 되려나 보다. 고양이들도 알아보네.
위건우	(웃는) 그렇게 말할 줄 알았어.
고미주	자꾸 맞히지 마. 재미없어.
위건우	(조금 더 활짝 웃는) 그것도.

고미주	욕실 천장. 그냥 마감한다?
위건우	?

고미주	비 다 들이치는 거, 가서 봐봐. 저 상태로 언제까지 둘 순 없잖아. 나 아까 우산 쓰고 볼일 봤어. 웃겨 죽는 줄 알았네.
위건우	유리, 아직이라며?

고미주	석고보드는 금방 오니까.
위건우	아치형으로 하자는 거야?
고미주	아치형도 충분히 예쁘다니까.
위건우	에이, 또 그런다. 다 끝난 애기잖아.
고미주	더 고민해보겠다고 했지.
위건우	안 돼. 천장은 진짜 안 돼. 실내정원도 내가 양보했잖아.
고미주	이번에 그, 용인 집 사장님도 며칠 사시더니 화장실 통유리 했으면 큰일났겠다고 그러시더라. 통유리로 지은 친구 분 댁 가봤는데, 여름인데도 밤 되니까 장난 아니게 춥더래. 유리엔 온갖 벌레들 다 달라붙고.
위건우	그거 다 감수하고 하는 거지. 내가 그것도 모르고 도면 친 걸까 봐?
고미주	내 말 믿어, 건우야. 여태까지 화장실에 이것저것 넣는 고객들치고, 생활하면서 만족하는 사람 한 명도 못 봤어.
위건우	포기하고 후회하는 사람도 여럿이고. 나도 이 일 꽤 했거든요?

장난스레 노려보는 두 사람.

고미주	그래, 일단 그 애긴 좀 더 보류. 임시로 덮을 거라도 찾아볼게. 지금은 얼른 외출 준비나 하시죠, 위 소장님. 빗방

울 굵어진다.

위건우   (핸드폰 보는) 신호가 안 잡히네. 비가 와서 그런가.

고미주   설마. (자기 핸드폰 보는) 진짜네. 산골은 산골이다.

위건우   서울 가면 해결책을 좀 찾아야겠네. 매번 이러면 큰일인데.

고미주   좋은 거 아냐? 일로부터 강제 해방.

위건우   (웃으며) 마음에도 없는 소리. 불안해서 나 들들 볶으려고 그러지.

고미주   맞아. (웃는, 사이) 빨리 가시오-

고미주가 위건우를 살짝 민다.

위건우   알겠어, 알겠어. (가면서) 욕실. 진짜 안 됩니다, 고 소장님.

고미주   (웃으며 손으로 휘이 휘이)

위건우   나가기가 무서워, 아주 그냥.

위건우가 나간다.

고미주가 웃으며 잠시 창밖을 바라본다.
빗줄기가 굵어진다.

6. (1)-4

위건우와 고미주가 나간 무대.

Q가 고미주의 자리에서 창밖을 보고 있다.

빗소리.

A가 들어온다.

A   뭐 봐?

Q   밖에 고양이가 있길래.

A   고양이? 어디?

A가 다가간다.

Q   갔다.

A   에이… 뭐야.

A가 가방에서 크림빵을 꺼내 Q에게 준다.

A   이거 먹어.

Q   뭐야?

A   크림빵. 오늘 방학식 했거든. 급식 안 먹었다고, 연극반
             선생님이 줬어.

Q   꽤 친해졌나 보네.

A   그냥 그건 애들한테 다 준 거야. 그래도 난 너한테 줬어.

크림빵이잖아. (웃는)

A가 공책을 꺼낸다.

A	그것보다, Q. 너 진짜 끝내줘.
Q	왜?
A	연극반 애들이 내 발표 끝나자마자 다 박수를 쳤어.
Q	정말? 네가 잘 읽었나 보다.
A	꼭 어디 정말 있는 사람들 같다고. 어딘가에 그런 세계가 진짜 있을 것만 같대.
Q	(웃는)
A	한 사람이 한 사람만 사랑하는 세계. 둘이서 완벽한 세계!
Q	네가 기뻐하니 다행이다.

사이.

A	근데 선생님은 별로 안 좋아했어.
Q	그래?
A	'나'로 시작하는 글인데, '나'가 누군지 모르겠다는 거야.
Q	음…… .
A	그러면서 나보고 다시 써오라는 거 있지. 선생님 진짜 웃겨. 나보고 잘할 거 같다고 할 땐 언제고. 이젠 싫어졌나 봐.
Q	글쎄. 그냥 네 글을 더 보고 싶어서 그런 걸 수도 있지.
A	뭐? 말도 안 돼.
Q	아니면 뒷얘기가 궁금해서.

A	……. (생각하다가) 몰라. 어쨌든 방학에도 특별활동은 계속 나가야 돼. 으아. 덥다아. 넌 여기 있으면 안 더워? 좁아터졌어…….
Q	괜찮아. 난 이게 익숙해.
A	(문득) 밑으로 같이 내려갈래?
Q	?
A	오늘 H아빠 결혼식 한대. L이라는 남자랑. 우리 집에서 같이 살 건가 봐. 그래서 다들 거기 갔어. 아무도 없어.
Q	가족이 또 늘어나는구나.
A	식탁 의자나 하나 더 샀으면 좋겠어. 밥 먹을 때마다 맨날 피아노 의자 끌어오고 있단 말이야.

Q	A. 넌 네 부모님이 궁금하지 않아?
A	뭐? 아니! 전혀. 부모님은 많잖아.
Q	그러니까, 친부모 말이야. 유전자상으로.
A	Q. 그런 거 막 질문하면 안 돼. (두리번) 근데 그런 게 왜 궁금한데?
Q	그런 걸 알면, 좀 더 유대감이 생기지 않을까?
A	유대감 같은 건 지금도 있어.
Q	너랑 친부모 사이에만 생길 수 있는 거.
A	그게 달라?
Q	당연하지. 똑같은 대접 받는 거. 지겹잖아.
A	똑같기나 하면 다행이지. 너 몰라? 엄마 아빠들, 우리 중에 더 예뻐하는 애들 하나씩 있어. 안 그런 어른들도 있지만. 우린 뒤에서 맨날 얘기해. 저 엄마는 쟤 친엄마인 게 분명하다고. 쉬쉬하면 뭐해. 다 티 나는걸.

Q	그럼 네 엄만 누구 같은데?
A	내 생각엔. 없는 거 같아.
Q	그래?
A	뭐 다른 파트너를 만나 떠났거나, 그러지 않았을까? 날 특히 예뻐하는 사람은 없거든.
Q	그거에 대해 생각해 보긴 했구나?
A	상관없어. 어차피 다 똑같은 엄마 아빠들인데 뭐.

A가 Q의 손에 들린 인형을 본다.

A	혹시 그거, 너희 엄마가 준 거야?
Q	아니. 내가 만든 거야. 나도 엄마가 누군진 몰라.
A	그렇구나. (사이) 왠지 너라면 알지 않을까 했어. (사이) 엄청 소중한 인형인 거 같아.
Q	응. 내 자식이야.
A	자식이라고? (웃는)
Q	왜 웃어?
A	어? (눈치 살피는) 그냥. 뭔가 웃겨서. (사이) 미안.
Q	내가 만들었으니까, 내 자식이지. 난 주인이니까. 엄마고.

사이.

A	그 얘기 있잖아. 집 얘기. 나 더 해줄 수 있어?
Q	선생님한테 혼났다며?
A	혼난 건 아니고……. 거기에 '나'를 등장시키면 어떨까? 그럼 될 거 같은데.

Q 음…….

사이.

Q 그래. 어렵지 않지.
A 와! (박수 치는)
Q 준비됐어?
A 준비?
Q '나'잖아. 네가.
A 아. …응. 해볼게.
Q 어디까지 얘기했더라.
A (읽는) 남자가 나간다. 여자가 웃으며 잠시 창밖을 바라본
   다. 빗줄기가 굵어진다.
Q 그래. 기억났어. 다음 장면은, 그날 오후, 도로야. 산 중턱
   에 난, 인적 없고 구불구불한 자동차 도로. 여전히 비는
   내리고 있고, 사방엔 뿌연 안개가 가득해.
   거기에, 여자가 있어. 멈춰 선 자동차. 깜빡이는 헤드라이
   트. 형편없이 찌그러진 보닛.

7. (2)-3

고미주가 서 있다.

Q   여자가 있어. 겁에 질린 얼굴을 하고서. 짙은 안개 속에서
헤드라이트 불빛이 깜박. 깜박. 깜박.

고미주가 다가간다.

Q   흐릿한 시야. 그 너머에.

고미주가 더 다가간다.

Q   '나'가 있다.

A가 고미주의 앞에 서 있다.

고미주   괜찮으세요?

Q   마치 오랫동안 기다려온 것 같은 얼굴.

고미주   저기요…….

Q   나는 그런 얼굴로, 그녀를 바라본다.

고미주 방금… 제 차랑 부딪히지 않으셨어요?

Q 그녀는 눈앞의 나를 믿을 수 없다는 듯이,

고미주 이봐요.

Q 아주 빠른 속도로,

고미주 어,

Q 달려온다!

A가 힘없이 주저앉고,
고미주가 놀라서 달려와 부축한다.

8. (2)-4

고미주와 위건우의 집.

한가운데 앉아있는 '나'(A).
집을 구경한다.

고미주가 위스키가 든 잔을 들고나온다.
'나'를 잠시 본다.
'나'가 고미주를 본다.

고미주   (내려놓으며) 정말 이걸로 되겠어요?

'나'가 위스키를 한 번에 비운다.

고미주   …상처 소독이라도 하려는 줄 알았네.
나   독할수록 좋아요.
고미주   아파서 그래요? 그런 거면 술로…
나   맛있어서요.
고미주   ……. 병원 안 가봐도 되겠어요, 정말?
나   갈 방법도 없을 걸요. 다리, 잠겼던데.
고미주   ……너무 걱정하지 마세요. 남편이 곧 올 거거든요. 아마
어떻게든……
나   걱정 안 해요. 잠깐 쉬면 돼요. 여기서.

고미주	그래요. 남편 올 때까지만……. 집에 뭐가 별로 없어요. 아직 제대로 이사를 온 게 아니라서.
나	집이 엄청 좋아요. 톱밥 냄새.

사이.

고미주가 '나'를 살핀다.

고미주	근데. 내 차에 치인 거 맞아요?
나	(보는)
고미주	범퍼랑 보닛이 다 찌그러졌던데…… 차를 그렇게 만든 사람치곤 괜찮아 보여서.
나	아! (아픈 듯)
고미주	(놀라서) 괜찮아요?
나	(정색하며) 아픈 것보단 낫죠.
고미주	……. (떨떠름) 아…… 네.

사이.

고미주	비 그치고, 다리 복구되면, 보험회사 불러서 처리할 거예요. 병원비며……

'나'가 창밖을 본다.
고양이 소리가 미세하게 들린다.

고미주	어?

고미주가 창밖으로 간다. 그러나 아무것도 없다.

나   저 갈아입을 옷 좀 줄 수 있어요?

고미주   네?

나   (젖은 옷 보여주는) 추워요.

고미주   아. 내 정신 좀 봐. 기다려요. 남편 옷이… 그래도 몇 벌
            있을 텐데.

고미주가 옷을 꺼낸다.

고미주   입었던 것밖에 없네.

나   괜찮아요. 주세요.

고미주   (잠시 난감해하다가) 그럼 마를 때까지만.

'나'가 옷을 받아든다.

고미주   저쪽이 욕실인데……. 아. 욕실 말고, 저쪽 방에서 갈아입
            어요. 아니다. 여기서 입어요. 내가 들어갈게요.

고미주가 빠르게 들어간다.

'나'가 천천히 옷을 갈아입으며 집 이곳저곳을 구경한다.

고미주   (목소리만) 다 입었어요?

나   네.

고미주가 나온다.

남편의 옷을 입은 '나'를 본다.

두 사람이 잠을 잤던 침낭을 급하게 치운다.

고미주   편하게 쉬어요. 쉴 곳이 못 되긴 하지만.

'나'가 잡지를 꺼내서 유심히 본다.

나   건축가예요?
고미주   아. 네. 그건 그냥, (살짝 빼앗으며) 냄비 받침.
나   엄청 유명하신가 봐요. 인터뷰도 하고.
고미주   그런 게 아니라. 그냥 그 잡지사에 친구가 있어서. 알음알
               음한 거예요.

고미주가 '나'의 젖은 옷을 든다.

고미주   이건 널어둘게요. 빨아주고 싶지만 아직 세탁기가 없어
               서.
나   (웃는)
고미주   …왜 웃어요?
나   건축가면, 모르는 사람들 많이 만나지 않아요?
고미주   (이상한 얼굴) 네. 뭐. 그렇죠?
나   아니에요. 뭔가 좀, 분주하신 것 같아서. 편하게 계세요.
고미주   ……. 아직 다 안 지어진 집에 있어서 그래요. 뭔가 계속
               해야 될 것 같거든요.
나   직업병 같은 거.

고미주   그 정도까진 아니고…….

고미주가 옷을 널 곳을 찾는다.

나   도와주실 수 있어요?

고미주가 본다.

나   저, 도와주실래요.

고미주   어디 아파요?

9. (1)-5

포즈.

Q가 나타난다.

A   그래서, 뭘 도와달라고 하는 건데?

Q   건축가가 나오는 연극 대본을 하나 쓰고 있다. 거기에 대
        한 도움.

A   '나'는 작가야?

Q   응. 지금의 너처럼.

A   안 도와줄 것 같은데. (보다가) 저 여자, 뭔가 지쳐 보여.
        경계심도 많은 것 같고. 왜 저렇게까지 사람을 경계하는
        거지?

Q   글쎄. 뭔가를 겁내고 있는 것 같아.

A   뭘? 내가 도둑질 같은 걸 할까 봐?

Q   그런 걸지도 모르지.

고미주   글쎄요. 제가 지금 좀 바빠서.

A   지금을 물어본 게 아닌데.

고미주   집 때문에요. 신경 쓸 게 많거든요.

A   이 집? 다 지은 줄 알았는데.

고미주	빨리 끝내버리고 싶어서. 공사가 생각보다 길어졌거든요. 다 끝난 것처럼 보여도 끝난 게 아니에요. 행정적으로 처리할 것도 많고. 그 와중에 욕실 천장이…….

A	(Q에게) 안 물어봤는데.
Q	눈을 봐. 거의 잠결이야.
A	엄청 피곤한가 보네.
Q	요즘 한숨도 못 잤거든. 아마 자기가 무슨 말 하는지도 모를걸.

고미주	남편은 개인 전시 때문에 정신이 없거든요.
Q	여자가 서서히 졸기 시작한다.

Q의 손짓에, 고미주가 졸기 시작한다.

A	…잔다.
Q	짧은 시간이지만 푹 잘 거야. 잠시 후 깨어났을 땐, 저절로 웃음이 나올 정도로. 아주 달콤하게.

A	빗소리가 왜 이렇게 크게 들리지?
Q	욕실 때문이야. 천장이 뻥 뚫렸거든.
A	깰 것 같아.

A가 고미주를 바라본다.
Q가 그런 A를 본다.

Q   A.
           나 너를 사랑하는 것 같아.

           사이.

           A가 시선을 돌려 Q를 본다.

10. (1)-6

A 뭐… 뭐라고 했어?

Q 너를 사랑한다고 했어.

A 날? 나를 사랑한다고?

Q 응. A. 너를 사랑해.

A 아니… 나를?

Q 그래, 너를.

A가 놀라서 멍하다.

A 왜?

Q 넌… 특별하니까.

A 내가? 나 엄청 평범해. 어젠 같이 밥 먹던 F가 갑자기 날 보고 놀라던데. 누구냐고. 거의 투명인간이야. ……근데 날 사랑한다고?

Q 특별하다는 건, A. 아주 상대적인 거야. 나에게 특별한 사람은 너뿐이야. 다른 사람이 널 어떻게 생각하든, 그건 중요하지 않아.

A …….

Q 그리고 네가 날 특별하게 생각해준다면, 우린 세상에 유일한 둘이 될 수 있어.

A 유일한…….

Q 나는 널 가지고, 너는 날 가지는 거야.

Q가 다가온다.

A   난, 난 모르겠어. 아직. 난. 그러니까. 물론 너랑 이야기를 만드는 건 재미있어. 넌 꽤… 멋진 것 같고. 그러니까. 특별해 보여. 이미. 엄청. (사이) 그런 네가 날 왜 사랑한다는 거야? 그것도 나 하나만……?

Q   내가 왜 특별해 보이냐면 A, 그건. 다른 사람들과 다르기 때문이야. 난 그들과 다른 사랑을 할 줄 아니까.

A   난 그런 거 할 줄 모르는데.

Q   괜찮아. 내가 가르쳐줄게. 같이 하면 돼. 같이, 이야기를 만드는 거야. 재미있잖아. 이건 우리만의 이야기야. 아무도 끼어들지 못해.

A가 고미주를 본다.
자신의 옷을 벗어 고미주에게 덮어준다.

천둥소리.
A가 나간다.

Q가 반대편으로 나간다.

11. (2)-5

다시 한번 천둥소리.

고미주가 깬다.

'나'가 물 묻은 채 들어온다.

고미주   ……(보는)

나   깼어요?

고미주   (잠 덜 깬) 또 젖었네요.

나   (웃는)

고미주   아. 깜박 잠들었구나. 죄송해요. 요즘 일이 많아서.

나   괜찮아요. (물기 터는)

고미주   (잠시) 설마 화장실 다녀오느라 젖은 거예요?

나   네.

고미주   어떡해. 그게, 천장이 아직, 있었는데 뚫어놨거든요. 사정
           이 있어서, 문 옆에 우산 있는데. 들고 가시지.

나   막아놨어요. 그래서.

고미주   네?

나   천장이요. 뚫려 있길래.

고미주가 잠시 보다가 '나'가 들어온 쪽으로 나간다.

그리고 잠시 후 들어온다.

고미주   직접 한 거예요?

나	옆에 방수 커버 같은 게 있길래. 덮으려는 거 아니었으면 죄송해요.
고미주	……맞아요. 아까 그거 사 오는 길이었거든요. (사이) 고마워요. 혼자서 힘들었을 텐데.
나	우산보다 그게 더 문 가까이 있더라구요.
고미주	(보다가) 아, 수건 줄게요.

고미주가 수건을 건넨다.

'나'가 물기를 닦는다.

고미주	대학생이에요?
나	아니요. 대학 안 갔어요.
고미주	작가?
나	그냥 지망생 정도.
고미주	나도 연극 했었는데.
나	?
고미주	그냥 대학생 때요. 연극동아리 같은 거.
나	배우?
고미주	배우도 하고. 스탭도 하고. 그랬던 거 같네요. 잘 기억도 안 나요. 하도 오래전이라.
나	(웃는) 잘 어울리네요.
고미주	내가요?
나	목소리가 예뻐서요.
고미주	그런 말은 처음 듣네요. (멋쩍게 웃는)
나	어떤 역할 했었어요?
고미주	글쎄요. 주인공은 한 번도 안 해봤어요. 주인공 언니, 친

구, 이런 거였겠지. 그래도 재미는 있었어요. 건축과라고 사람들이 자꾸 무대디자인 시키는 것만 빼면.

| 나 | 건축가가 만드는 무대는 어떨지 궁금해요. |

| 고미주 | 그땐 그냥 똑같은 대학생이었는데 뭐. |

| 나 | 나중에 내가 쓰는 얘기가 무대에 올라가면, 그때 부탁해도 돼요? |

| 고미주 | 나한테요? |

고미주가 웃는다.

| 고미주 | 난 연극 잘 모르는데. |

| 나 | 잘 어울릴 거예요. 분명히. |

| 고미주 | 그래요, 뭐. 스케줄만 맞으면? 도움받았으니까요. |

| 나 | 빗길을 헤매던 보람이 있네요. |

| 고미주 | 왜 거기 서 있던 거예요? |

| 나 | 음. |

| 고미주 | 거기 사람 다니는 거 본 적이 없는데. 사실 처음엔 귀신인 줄 알았어요. 차도 한 대 안 다니는데 사람이 있으니까……. (보다가) 이 동네 살아요? |

| 나 | 네. |

| 고미주 | 그랬구나. 그쪽에 뭐가 있나 보죠? |

| 나 | 뭘 좀 찾고 있었어요. |

| 고미주 | 저희 부부는 차 타고 이 집만 왔다 갔다 하니까. 아직 동네를 잘 몰라요.
 (사이) 다시 한번 미안해요. 내가 좀 더 천천히 달렸어야 |

	했는데. 거긴 좀 익숙한 길이라고 생각해서. (사이) 내가
	좀 그래요. 쉽게 방심해서. 잘 아는 길에서 꼭 사고 내고.
나	좋아 보여요.
고미주	네?
나	그거요. 성격. 뭘 잘 믿는 거잖아요. 익숙한 걸 끝까지 믿
	는 거.
고미주	(생각하다가) 그런가요. 그렇게 생각해 본 적은 없는데.
	근데 뭐 쓰는 거예요?
나	대본?
고미주	그러니까, 어떤 내용의……
나	사랑 얘기예요.
고미주	아. 건축가가 사랑하는 얘기예요?
나	건축가가 사랑에 빠지는 얘기요.
고미주	뭐가 다른가.
나	다르죠. 하는 거랑, 빠지는 건. 그 건축가는 엄청 경계심
	도 많고, 뭐랄까, 고양이 같은 사람이거든요.
고미주	고양이? (웃는) 다소 뻔한 느낌이 있네요. 그래서요?
나	(사이) 안 알려줄래요.
고미주	아, 미안. 미안. 취소. 엄청 궁금해요. 고양이 같은 건축가
	가, 어떻게 되는데요?
나	한 사람을 사랑해요. 어떤 운명 같은 사람을. 아주 오랫동
	안.
고미주	끝?
나	시시하죠?
고미주	어…… 잘 모르겠네. 그게 진짜 끝이에요?
나	그럴 리가요. 얘기는 거기부터 시작이죠. 그 건축가가 사

	랑하는 사람을 위한 집을 짓거든요. 그러니까 정확히 말하면, 위한 거라기보다… 그걸 넘어서는 어떤.
고미주	닮은?
나	닮은! 맞아요. 그 사람을 똑 닮은 집.
고미주	그거 진짜 애매한 표현인데.
나	…….
고미주	그래도… 불가능한 말은 아니죠. 건축도 예술이니까.
나	그렇죠? 그럴 거라고 생각했어요. 많은 예술가들은 사랑하는 사람이 생기면, 그 사람과 똑같은 작품을 만들고 싶어 해요. 글을 쓰는 사람이면 그 사람을 닮은 글, 음악을 만드는 사람이면 그 사람을 닮은 음악, 그림도 그렇고요.
고미주	음. 무슨 느낌인지는 알 것 같아요. 전 딱히 예술가는 아니라고 생각하지만. (사이) 사랑하는 사람이 생기면, 그 사람을 여기저기 다 대입하게 되니까. 사랑을 표현하고 싶을 수도 있구요.
나	복제를 향한 충동.
고미주	(생각하다가) 그럴 수 있겠네요. (사이) 불가능한 걸 알면서도.
나	(보는) 불가능한 걸 알면서도.

그때, 전등이 팟 하고 꺼진다.

나	어…….
고미주	어어! 죄송해요. 이게, 전기가 아직. (사이, 어색하게 웃으며) 무슨 연극하는 줄 알았네.
나	저기,

어둠 속에 Q가 나타난다.

고미주　　괜찮아요?

나　　　　(인기척을 느끼고) 뭐야?

고미주　　저기요? 거기 있죠?

Q　　　　괜찮아요.

나　　　　누구야.

고미주　　전기가 아직 불안정해서. 괜찮을 거예요. 잠시만.

나　　　　뭐냐고, 너.

Q　　　　나잖아 A, Q.

고미주가 핸드폰 후레쉬를 켠다.

A　　　　Q?

Q　　　　왜 그래? 나 계속 있었잖아.

A　　　　어…… 너무 집중했나 봐.

Q　　　　좋아. 좋은 자세야. 여긴 아주 중요한 장면이거든.

A　　　　네가 그런 거야?

Q　　　　(웃는) 나 말고 누가 있겠어.

두 사람, 고미주를 본다.

Q　　　　작은 마을 중에서도 가장 먼 곳에 있는 집.

고미주　　전원이 내려간 것 같은데.

Q　　　　그래서 전등이 내려가면 아무것도 보이지 않아. 정말 아
　　　　　　무것도.

A	(보다가) 그러네. 아무것도.
고미주	금방 갔다 올게요. 두꺼비집이 다용도실에 있어서. …괜찮은 거 맞죠? 표정이……
Q	목소리와 숨소리.
나	눈부셔요.
고미주	(핸드폰 치우며) 죄송해요.
Q	톱밥 냄새.
나	다녀오세요.

긴 사이.

전등이 들어온다.
아무도 없다.

12. (1)-7

A와 Q가 있다.

A   (조금 흥분한) 나 알았어. 진짜 알았어.

Q   (웃으며 보는)

A   남편이 온다는 건 거짓말이지?

Q   그렇게 생각해?

A   왜냐면 다리가 끊어졌으니까! 헬리콥터를 타고 오지 않는 이상. 내가 갈 수 없으면, 남편이 올 수도 없는 거야. (사이) 헬리콥터를 타고 와?

Q   아니. 그러긴 쉽지 않지. 그럴 이유도 없고.

A   그렇지! 남편은 지금 상황을 전혀 모르고 있으니까. 여자는 왜 그런 거짓말을 했을까? 일부러 계속 남편 얘기를 하고 있잖아. (사이) 대답하지 마. 내가 맞힐래. 뭐냐면, 뭐냐면, 남편이 있다는 걸 나한테 알려주려고. 강조하려고! 맞지?

Q   그래.

A   그런데 지금은…… 자기 자신한테 얘기하는 거야. 자기한테 남편이 있다는 걸 알려주려고. 진짜 재밌다!

Q   A. 대단한데? 너 진짜 똑똑해.

A   이거 애들한테 들려주면 뻑 갈 거야!

Q   무엇보다 네가 이 이야기를 잘 아니까. 다들 즐거워할 거야.

A   이젠 선생님도 날 무시하진 않겠지.

Q 너 진짜 주인공 같았어.

A 그건…… (사이, 눈치 보는) 진짜 그랬어?

Q 응. 아주 잘했어.

A 네가 만든 이야기가 너무 재미있어. 그런 세상이 진짜 어디에 있을 것만 같잖아. 완전 스릴 넘쳐. 꼭 공 뺏기 하는 것 같아. 아니… 도둑질! 아니, 내가 엄청 특별한 사람이 된 것처럼 느껴져.

Q 아직 완전히 그렇게 된 건 아니지만. 얼마 남지 않았어. 여자는 남편을 사랑했던 것처럼 널 사랑할 거야.

A 남편을 사랑했던 것처럼!

Q 유일한 사랑.

A 그럼 이제 여자는 남편을 사랑하지 않아?

Q 이 세계의 규칙이 그래. 한 명을 갖기 위해선, 다른 사람은 포기해야만 해. 그러니까 그때부턴 네가 독차지하는 거지. 누군가를.

A 저 여자를.

사이.

A 고마워, Q.

Q 뭐가?

A 이런 재미있는 이야기를 만들어줘서. 그리고……

똑똑똑.

노크 소리.

Q　　(무척 놀라는) 누구지?

A　　괜찮아. 문 잠갔잖아.

Q　　아무도 두드린 적이 없었는데. A, 아무래도 너를 찾나 봐. 너 너무 오래 있었어.

똑똑똑.

A　　아래층은 이제 시시해. 다들 지루한 얘기만 하잖아. 초콜 렛을 몇 개로 나눠 먹을지, 공용변기에 오줌 방울 튀긴 게 누군지. 뭐 그딴 거.

다시 똑똑똑.
잠긴 문고리를 돌려보는 소리.

Q　　그래도 네가 사는 곳은 아래인걸. 어떡하지?

A　　뭘 그렇게 떨어, Q. 여긴 네 공간인데. 나 아까 하던 말 계속해도 돼?

사이.

Q　　쉿.

A　　(작게) 고마워. 나를 특별할 수 있게 해줘서.

Q　　(보는)

똑똑똑.

A가 Q에게 키스한다.

조용해진다.

A가 Q에게서 떨어진다.

A   우린 진짜…… 특별해!

13. (1)-8

Q 사랑은 너를 향한다.
너의 갈색 머리카락, 너의 둥근 귓바퀴, 너의 곧게 뻗은 쇄골과 젖꼭지, 너의 주름진 배꼽, 음모, 사타구니, 너의 뾰족한 무릎과 발목, 발톱.
사랑은 너를 흐른다.

아버지는 어머니를 사랑한다.
어머니는 아버지를 사랑한다.

아버지와 어머니는 때때로 수학 선생님과 옆집 사람을 초대해,
그들의 마당에서 바비큐 파티를 즐긴다.

아버지는 파티에서 수학 선생님에게 말하지 않은 것들을 어머니의 귀에 속삭인다.
어머니는 옆집 사람과 맞추지 않은 입술을 아버지에게 맞춘다.

그들은 서로를 사랑한다.
그들은 서로만을 사랑한다.
그들은 그것을 사랑이라 부른다.

14. (2)-6

비 오는 밤.

편하게 앉아있는 고미주와 '나'.
'나'는 무언가를 적고 있다.

Q는 창가에 있다.

나	그럼 직원이 있었던 거예요?
고미주	그치. 다섯 명 정도.
나	꽤 컸네.
고미주	직원이 있으면 큰 프로젝트를 맡기엔 수월한데, 아무래도 월급을 챙겨줘야 하니까. 일을 쉴 수가 없다는 단점이 있죠. 그것 때문에 잠깐 닫은 거고.
나	(적으며) 큰 결정 하신 거네요. 어쨌든 돈은 많이 벌었을 텐데.
고미주	내가 원하던 게 이런 게 맞나? 그런 생각이 드는 거예요. 매일 매일 뭔가를 결정해야 한다는 게 너무 스트레스니까.
나	알 것 같다. 그거 연출들이 많이 하는 말인데.
고미주	(웃는) 비슷한 점이 있네. 연극이랑.

Q	제빵사가 만든 크림빵 맛은 놀라웠다. 사람들은 그 날 처음으로, 그냥 빵이 아닌, 크림이 듬뿍 들어간 빵을 맛보았다.

나	어쩌다가 건축을 하게 됐어요? 원래 꿈?
고미주	원래는 미술을 하고 싶었는데. 상황에 맞춰 가다 보니 이렇게 됐네.
나	…남편분이 미술 하시죠?

잠시 사이.

Q	사람들은 환호했다. "이 세상에서 제일 맛있는 빵이야! 이런 맛은 난생 처음 봐! 난 평생 가도 이런 빵 못 만들걸." (짧은 사이) 제빵사는 행복에 겨워 크림빵을 구워대기 시작했다. "이제 모두가 날 필요로 해. 모두가."

고미주	건축도 하고, 미술도 하고 그래요.
나	두 분이 같이 일하다 보면 다투기도 하고 그러겠어요.
고미주	글쎄. 싸워본 적은 없어요. 둘 다 그런 성격이 아니라서……
나	일을 어떻게 분담해요?
고미주	남편은 자기 작업이 있으니까, 시간 날 때 디자인 위주로 해요. 난 이외의 잡다한 일들.
나	예를 들면?
고미주	엄청 많지. 예쁜 집 설계하고 그런 건 사실 건축 일의 10퍼센트 정도밖에 안 되고. 행정적인 일들이 많으니까. 세무나 회계, 뭐 법적인 문제들부터 해서… 사람들 응대해야 하는 일도 많고…….
나	힘들겠다. 혼자서.

고미주   익숙해서. 괜찮아요.

Q   하지만 곧 크림빵 소식을 들은 옆 마을 제빵사가
        새로운 빵을 만들었다는 소문이 들려왔다.
        "빵에 소시지가 들어있대! 어떤 빵은 머리통보다도 크다던
        데?"
        여기저기서 다양한 빵들이 나타나기 시작했다.
        사람들은 각양각색의 맛있는 빵들을 맛볼 수 있었다.

나   욕실 천장 말이에요. 왜 뚫려 있는 거예요?

Q   그렇다면 우리의 제빵사는 어떻게 됐을까?

고미주   그건……

나   이 집, 어떤 집이에요?

Q   더 이상 빵을 만들 수가 없었다.

고미주   그만할래요.

Q   어떤 빵을 만들어도 특별해질 수가 없었다.

나   미안해요.

Q   모두가 특별한 세상에서, 어떤 빵으로도 제빵사는, 유일해

질 수 없었다.

고미주 나가줘요. 이제… 이제 다 나은 것 같고…… 말짱하잖아요. 여기 더 있을 필요도 없고.

Q 제빵사는 텅 빈 조리실에 누워있었다. 며칠을. 처음 거기서 면도칼에 찔린 그 날처럼. 가만히. 아무도 찾아오지 않는 조리실.

고미주 이젠 비도… 비도…… (창밖을 멍하니 본다)

Q 그때, 누군가의 발소리가 들렸다. 제빵사를 부르는 한 사람.

고미주 그쳤네.

Q 밀가루값을 받으러 온 소년.

'나'가 고미주에게 다가간다.

Q 소년이 놀라서 제빵사에게 달려온다. 제빵사를 부르며 엉엉 운다. 아저씨, 일어나요. 일어나서 얼른 빵을 만들어요. 아저씨의 빵을 먹고 싶어요.

나 비는 이미.

Q   (점점 빠르게) 아저씨가 공짜로 주던 빵을 좋아했어요. 매
     일 매일 밀가루 값 받으러 오는 날만 기다리며 살았어요.

나   오래전에.

Q   나는 아저씨가 만들던 빵을 좋아해요. 버터랑 밀가루랑
     우유 맛이 나는 빵. 아저씨의 옷에서 나는 냄새가 나던,
     아저씨의 빵.

나   오래전에 그쳤어요.

Q   그걸 먹고 싶어요. 일어나요, 아저씨. 일어나.

     '나'가 고미주에게 입을 맞춘다.

Q   일어나!

     마른천둥 소리.

15. (1)-9

A가 들어온다.

가방을 내던지듯 내려놓는다.

화난 듯 쿵쾅대는.

A   Q! (두리번대며) Q!

욕조에 누워 있던 Q가 일어난다.

Q   왔어?

A   불렀는데 왜 대답을 안 해?

Q   미안. 깜박 잠이 들었나 봐.

A   다음은 뭐야.

Q   ?

A   (노트 펼치며) 다음 얘기. 어떻게 되냐니까?

Q   A. 연극반에서 무슨 일 있었어?

A   그 선생님. 진짜 멍청해. 우리 얘기를 하나도 이해 못 하는 것 같다니까. 애들이 그렇게 좋아하는데. 우릴 다 바보 취급하는 것 같아.

Q   선생님이 뭐라고 했길래 그래.

A   그런 세계는 있을 수가 없대. 있어서는 안 된대.

Q   뭐?

A	(흥분해서) 내 생각엔 Q, 그 선생님, 질투하는 것 같아. 어제 끝나고 나한테 와서 그랬거든. 자기 꿈이 작가였대. 연극을 쭉 하고 싶었는데, 그러질 못했대.
Q	진정 좀 해봐. 왜 그런 소릴 하는 건데?
A	폭력적이라잖아. 우리 얘길 두고. 그런 상상은 하면 안 되는 거래.
Q	(픽 웃는다)
A	(보는)
Q	미안. 좀 웃겨서.
A	웃겨?
Q	그들이야, 당연히 그런 반응을 보이겠지. 예상은 했지만 너무 뻔해서. 웃음이 나.
A	……? 예상을 했어?
Q	당연하잖아. 그들은 늘 말해. 규칙을 지키는 게 중요해. '우리'를 소중히 해야 해. 너랑 나 말고, 우리.
A	그렇지.
Q	똑같이 나누고, 모두를 사랑하고. 그들 입장에서 우리가 만든 세계가 얼마나 두렵겠어.
A	(생각하다가) 그럼… 우린 무서운 얘길 하고 있는 거야?
Q	어떤 의미에선 그럴 수도 있겠지. 사람들은 늘 새로운 걸 겁내곤 하니까. 하지만 그 두려움을 이겨내는 게 진짜 용기인 거야. 우린 그만큼 위대한 일을 하고 있다는 거고. 아마 그들도 점점 우리 얘기에 빠져들게 될걸.
A	선생님 빼곤 다 이미 푹 빠졌어. 그래서 사실. 학교 축제에서, 내 작품을 공연하자는 의견이 나왔는데……

Q	정말? A! 정말이야?
A	진짜야. 선생님은 반대하고 있지만, 연극반 애들이 전부 동의했어. 재미있다고 소문이 났는지, 특별활동 안 하던 애들도 우리 반에 들어오겠다고 난리야. 아마 선생님도 못 막을걸?
Q	진짜 잘 됐다! 너무 기뻐! A! 네가 자랑스러워.

Q가 A를 꽉 끌어안는다.

A	그렇게 기뻐?
Q	당연하지! 우리가 이 작은 화장실에서 만든 얘기가 학교 전체에 퍼질 수 있는 거잖아.
A	맞아. Q, 이게 다 우리가 만든 거야.

Q	사랑해, A.
A	(빤히 보는) 나만을. Q?
Q	너만을.

A가 Q가 들고 있는 인형을 본다.

A	그럼 나 그거 줄 수 있어?
Q	뭐?
A	인형. Q는 나만 사랑한다며. 그것도 나 줄 수 있어?
Q	…당연하지! 그치만…… 그치만 A는 이거 필요 없잖아. 봐. 여기저기 터지고, 꼬질꼬질한데? 냄새도 나. 엄청 오래됐어.

A   (웃는)

Q가 A의 눈치를 본다.

A   다음은 뭐야?
Q   …어?
A   이야기. 이다음이 뭐냐구.
Q   아……. 그건. 이제 완성된 거지. "여자와 '나'가 입을 맞춘
         다."
A   에이. 말도 안 돼. 애들이 다음 얘기를 얼마나 기다리는
         데!
         Q, 내가 얘기를 더 만들어도 돼?
Q   네가?
A   내가 생각한 게 있어.
Q   …뭔데?
A   마른천둥이 친다. 그리고,

똑똑똑.

Q   (놀라서 문 보는) 뭐야?
A   노크 소리.
Q   또 널 찾으러 온 거야?

똑똑똑.

고미주가 다른 쪽에서 등장한다.

고미주	……누구세요?
Q	A.
나	누구예요?
고미주	…잠깐만.

고미주가 문으로 다가간다.

누군가의 목소리.
"나야."

Q	누군데.
A	남자.
고미주	…건우?
A	비가 그치자마자 달려온, 이 집의 또 다른 주인. 남자.

어두워진다.
Q가 나간다.

16. (2)-7

위건우가 들어온다.

위건우　괜찮아?

고미주　어…….

위건우　엄청 걱정했어. 전화도 안 받고.

고미주　핸드폰이 안 터져서…….

위건우　다리는 끊어졌다고 뉴스에 나오지, 폭우는 계속 쏟아지지. 집에 먹을 것도 없을 텐데. 자기 혼자 오도 가도 못하고 있을 거 생각하니 진짜 미치겠어서…….

위건우가 '나'를 발견한다.

위건우　……. 누구야?

'나'가 일어선다.

나　안녕하세요.

고미주　저분은…… 어, 말하자면 긴데. 내가 운전하다가 사고가 났어. 그래서…

위건우　사고? 어쩌다가. 괜찮아?

고미주　어어. 크게 난 건 아니고. 그냥 안개가 너무 많이 껴서. 내가 앞에 사람이 있는 걸 못 보고……. 난 괜찮아. 난 괜찮은데, 저분이. 거기 있었어.

위건우가 '나'를 가만히 본다.

위건우   근데 왜 저 사람이 우리 집에 있어?

고미주   다리. 다리가 끊겼잖어. 병원에 데려갈 수가 없어서. 그래서 여기 데려왔어. 너무 당황해서 어떻게 해야 될지를 몰랐어. 전화도 안 터지고, 자기도 없고, 그래서……

나   죄송, 합니다.

사이.

위건우   저희가 죄송하죠. 집이 아직 짓는 중이라, 불편하셨을 텐데. 몸은 괜찮으신 건가요? 저희 아내가 조심성이 없는 편이 아닌데……

고미주   내가 사과 다 했어. 사과 안 해도 돼.

위건우   그런 말이 어디 있어. 자기가 실수한 거면 나도 사과드려야지. 죄송합니다.

나   괜찮습니다. 몸, 괜찮아요.

위건우   보험회사에 연락했어? 아. 핸드폰이 안 터지지 참.

나   진짜, 괜찮아요. 쉬면서 다 나았어요.

위건우   그래도 교통사고가 그렇게 간단한 게 아닌데……

나   나중에 다른 말 안 할 테니까, 걱정 마세요.

고미주   (건우에게) 운전해서 왔어? 다리 다시 복구된 거야?

위건우   아직 복구 중. 자동차들 못 다니게 해서, 사람들이랑 헬기 같은 거 타고 거의 실려 왔어. 나 군대 전역하고 헬기 처음 타봤잖아. 이 마을 사람들이 다 난리가 났어. 피해가 심각한가 봐.

나	(작게) 진짜 헬기네.
위건우	?
나	아. 아니에요. 저, 그럼 당장은 못 가는 거네요.
고미주	아니, 그래도……
위건우	그러네. 복구 작업이 최소 일주일은 걸린다고 했으니까…….
고미주	뭐? 일주일? 그럼 우리는 어떡해?
위건우	비상식량을 좀 가져오긴 했는데……. (농담처럼) 입이 세 개인 줄은 몰랐네.
고미주	그런 문제가 아니잖아.
위건우	……미안.
고미주	자기 타고 왔다던 그, 헬기는.
위건우	그, 헬기, 사실 마을 들어오는 헬기 아니고… 마을 사람들 실어가려는 헬기였어. 이 마을에 지금 우리밖에 없을걸. 자기 걱정돼서 빨리 집으로 와야 된다는 것만 생각하고…… 그 생각을 못 했다.

고미주, 어이없게 본다.
'나'가 웃는다. 시선 느끼고 작게 사과.

고미주	제발 매사 이성적으로 좀 생각하라니까.
위건우	이런 상황은 나도 처음인데 어떡해. 너무 당황해서…….
나	그래도 마을에 사람이 있는 건 아니까, 다시 데리러 오지 않을까요?
위건우	그렇지. 그럼요. 밑에 쪽은 홍수까지 나서, 아마 거기 상황 살피러 다른 데서도 올 거야. 올 때 주소지랑 다 적고

	왔으니까. (미주 눈치 살피는) 진짜야. 너무 걱정하지 마.
고미주	이렇게까지 심각한 줄 몰랐는데.
나	그러게요.

긴 사이.

| 위건우 | 저기, 두 사람. |

두 사람, 위건우를 본다.

| 위건우 | 바비큐 파티 안 할래? |

위건우가 가방에서 고기와 숯불을 꺼내 보인다.

| 고미주 | ……진심이야? |

나, 저도 모르게 박수를 친다.

위건우	비도 그쳤으니까. 재밌잖아. 정원에 캠핑 테이블까지 만
	들었는데. 어때?
고미주	……. ('나'를 본다)
나	좋네요. 꼭, 캠핑 온 것처럼?
위건우	…(꺼내며) 자기 좋아하는 아스파라거스 있지롱.

고미주, 어이없어 웃는다.
위건우가 고미주의 팔짱을 끼고 끌고 가듯 나간다.

'나'가 그들을 본다.

17. (1)-10

Q가 나온다.

Q   ······진심이야?

A   대사 괜찮지?

Q   두 사람이 헤어지는 장면을 쓰고 싶은 거야?

A   두 사람이 정말 나 때문에 헤어질까?

Q   당연하지. 그래야만 하니까. 거긴 여기랑 달라. 그게 맞는 거라고.

A   그냥 헤어져 버리면, 좀 시시하지 않아?

Q   그럼 다를 게 없잖아, 이쪽 세계랑.

A   다르게 만들면 되지.

Q   어떻게?

A   글쎄.

Q가 즐거운 표정의 A를 본다.

Q   선생님이 하신 말. 신경 쓰는 거 아니었어?

A   내가? 내가 그딴 걸 왜 신경 써. 나랑 아무 상관도 없는 사람인데. 난 더 재밌는 이야기를 쓸 거야. 그래서 전교생이 우리 얘기에 환호하게 할 거야! 그럼 되는 거잖아. 그래야 더 많은 사람들이 우리 얘기를 들을 수 있으니까.

Q   더 많은 사람들?

A   더 많은 사람들! 학교 축제로 끝내기엔 너무 아쉽잖아.

위건우가 온다.

위건우　　얼른 오세요. 불 다 피웠어요.

A　　　　몰랐는데, 나 진짜 소질 있는 거 같애.
Q　　　　뭐에⋯?

나　　　　저기, 그런데.
위건우　　?
나　　　　혹시 저 어디서 본 적 없어요?

위건우가 '나'를 빤히 본다.

위건우　　글쎄요. 내 수업을 들었나? 대학생이에요?
나　　　　아뇨. 학교 안 다녀요.
위건우　　그럼 모르겠는데. 내 전시 본 적 있어요?
　　　　　　⋯⋯약간 자의식 과잉 같았죠. 죄송.
나　　　　(웃는다)

Q　　　　그러니까, 뭐에.
A　　　　뭐든.

위건우　　연극동아리?

Q가 위건우를 본다.

나	네. 실은… 두 분이 하신 잡지 인터뷰를 읽었거든요. 심심 해서요.
위건우	아. 그거. (사이) 나 레게 머리 하고 사진 찍었을 텐데.
나	그래서 사실 못 알아봤어요.
위건우	(크게 웃는) 근데 연극에서 봤을 리는 더더욱 없을 텐데. 나는 배우 아니었거든요.
나	그럼요? 디자인?
위건우	(고개 젓고) 연출!
나	와.
위건우	무대디자인만 하던 아내를 배우로 캐스팅한 게 나잖아요. 결과적으로 보는 눈 없다고 아직도 놀림 받긴 하지만. (보 다가) 근데 진짜 낯이 익은 것 같기도 하고. (사이) 근데 방금 빗소리 아니죠? (사이) 망했다.

위건우가 뛰쳐나간다.

나	어디서 분명히 만난 적 있는데.

Q	누군데?
A	맞혀봐.
Q	엄청 즐거워 보이네.
A	선생님.
Q	뭐?
A	연극반 선생님. 딱 저렇게 생겼어.
Q	…….
A	내가 캐스팅할 거야.

Q   그게 가능해?

A   당연하지. (웃는) 여기니까.

A가 '나'가 되어 나간다.

Q   (인형을 들고) 제빵사는 소년만을 위한 빵을 굽기로 했다.
그 순간부터 제빵사는, 더 이상 제빵사가 아니어도 되었
다.

Q가 나간다.

18. (2)-8

새벽.

'나'가 핸드폰 불빛에 기대 열심히 무언가 적고 있다.
위건우가 나온다.

위건우   깜짝이야.

나   어, 죄송해요. (불 끄는)

위건우   다른 사람이 있는 게 익숙하지가 않아서. 미안해요. 불 켜고 해도 되는데.

나   아니에요. 슬슬 해 뜨고 있어서.

위건우   안 잔 거예요? 침낭이 좀 불편하죠. 뭐 좀 마실래요?

위건우가 위스키를 따른다.
'나'가 그것을 본다.

위건우   나 진짜 알콜 중독 같아요?

나   (웃는) 누가 그래요?

위건우   누구겠어요. (웃는) 그냥 남들 커피 먹는 느낌으로 마시는 건데.

나   저도 한 잔 주세요.

위건우   진짜요? 이거 꽤 센데.

나   (으쓱하는)

위건우가 위스키를 따라 건넨다.

위건우　　근데 뭐 쓰는 거예요? 일기?

나　　　　그냥, 별거 아니에요. 연극 대본이요.

위건우　　어, 진짜? 극작가예요?

나　　　　비슷해요.

위건우　　끝내준다. 나도 극작가가 꿈이었는데.

나　　　　정말요?

위건우　　뻥이지롱.

나　　　　…….

위건우　　죄송해요. 사실 꿈까지는 아니었고, 동아리 활동 하면서
　　　　　　몇 번 써보긴 했어요. 근데 일기 한 줄 안 쓰던 실력으로
　　　　　　뭘 쓰겠어. 완전 웃음거리 됐죠.

나　　　　연극동아리에서 처음 만난 거예요?

위건우　　미주요? 맞아요. 난 조소과, 아내는 건축과. 처음에 주변
　　　　　　사람들은 다 안 어울린다고 했어요. 너무 정반대라고.

나　　　　그래요?

위건우　　근데 정반대인 커플이 오히려 잘 산다고 하잖아요. 사람
　　　　　　들이 보기엔 아, 저 둘이 진짜 다 반대 같은데, 왜 만나지?
　　　　　　그러면 분명 당사자들은 후후 웃으면서 속으로 생각할걸
　　　　　　요. 얘들아, 우리만 아는 '우리'가 있어.

위건우가 위스키를 한 잔 더 마신다.

위건우　　그만큼 끈끈한 게 없거든요.

나　　　　두 사람만의 세계 같은 거군요.

위건우   그렇다고 할 수 있죠. (위스키를 들이킨다) 와. 우리 집에
        다른 누가 있는 게 처음이라. 집에서 누구랑 같이 술 먹는
        거 낯설다. 술 잘해요?

위건우가 '나'에게 술을 따라준다.

나   좋아하는데, 아직 잘 몰라요.
위건우   재미있는 대답이네. (웃는)
나   좋아한다고 다 잘 아는 건 아니니까요.

'나'가 술을 마신다.

나   친해지려고 노력 중이에요.

위건우가 '나'를 빤히 보며 술을 마신다.

나   (어딘가에 대고) Q. 그러니까… 지금 날 보고 있는 것 같거
        든?

사이.

나   다음 대사를 뭐라고 해야 할까. 뭐라고 말을 해야 남자
        가……

'나'가 문득 두리번거린다.

나	Q? (사이)
	맞다. 오늘 병원 간다고 했지.

'나'가 위건우를 본다.

나	어…… 천장 말이에요. 화장실 천장.
위건우	?
나	왜 그런 건지 말씀해주실 수 있어요?
위건우	아. 그게, 그냥, 천장을 어떤 모양으로 할지 아직 못 정해서.
나	제가 덮어놨거든요. 방수 커버.
위건우	정말요? 난 우리 고 소장이 해놓은 줄 알았네. 그런 것도 할 줄 알아요?
나	(약간 신경질적으로) 저 어린애 아니에요.
위건우	어……. (어색하게 웃으며) 그렇죠.

사이.

나	(혼잣말) 이게 아닌데.

위건우	제 머리 어땠어요?
나	네?
위건우	그… 잡지 사진이요. 레게 머리.
나	아. 잘 어울렸어요. 끝내주게.
위건우	너무 답정너였나.
나	아니에요. 진짜 잘 어울렸어요. 인상도 뭔가 더… 좋아 보

였고. 좀 더 특별해 보였달까.

위건우 그쵸! 더 나이 들기 전에 꼭 다시 해보고 싶은데.

나 (쑥 다가가며) 제 말 믿으세요! 진짜.

위건우 미주가 별로 안 좋아해서. 주책이라고. (웃는)

'나'의 불만스러운 얼굴.

나 좋아 보여요, 두 분.

위건우 우리요? (웃는) 스무 살 때부터 만났어요. 서로 없으면 이상한 사이가 됐달까. 둘 다 끈끈한 가족이나 친구도 없었거든.

나 서로가 전부인 거군요. (짧은 사이) 부러워요.

위건우 (보다가) 그쪽도 비슷해 보이네.

나 누구랑요?

위건우 우리 어릴 때랑.

나 그래요?

위건우 뭔가 옛날의 나를 보는 것 같기도 하고. (사이) 오. 나 지금 꼰대 같았어요?

나 네.

사이.

'나'가 적었던 것을 거칠게 몇 줄 벅벅 지운다.

19. (1)-11

(이어서)

Q가 등장한다.

Q   A!

'나'는 들리지 않는 듯.

Q   (껴안으며) A!

A가 Q를 본다.

Q   나 할 말 있어.

A   깜짝 놀랐잖아, Q. (사이) 병원 잘 다녀왔어?

Q   응. 막 돌아왔어. A, 밖에 나가봤어? 햇살이 끝내줘.

A   그들과 함께 가야 한다고, 끔찍한 날이라고 하지 않았어?

Q   그랬지. 근데 있지, 중요한 게 뭐냐면, (웃는) 놀라지 마. 나, 학교에 가도 된대!

A   ……어?

Q   병이 다 나았대. 거의 다. 정상인이랑 수치가 비슷하대.

A   너 정말 몸이 안 좋았던 거야?

Q   지금은 아니야. 이제 바깥을 돌아다녀도 된대. 햇빛을 쐬어도 된대. 사람들이랑 말을 섞고, 달리기를 해도 괜찮대. 너무 오래는 안 되지만.

A	아픈 거 아니라고 했잖아. 난… 네가 원해서 여기 있는 줄 알았는데. (사이) 조금 더 특별한 이유로.
Q	내가 원해서 있었던 거 맞아. 하지만…… 여기에도 있고, 바깥에도 나가고 그럼 좋잖아. 가끔은.
A	학교는 가끔 가는 곳이 아니야.
Q	오래 여기 있었으니까. 한 번 나가보는 것도 나쁘지 않지.
A	정말 학교에 가고 싶어? 거긴…… 알잖아. 다 똑같은 걸 입고, 똑같이 앉아서, 똑같은 소리만 듣고 있어야 해. 그들과! 그래도 좋아?
Q	괜찮아. 난 다르니까. (A를 가만 보다가) A. 걱정하지 마. 난 변하지 않을 거야. 난 언제나 너의 Q야.
A	그거야 당연한 거고. 난 그들과 있으면서도 너의 A였으니까. 하지만… 하지만 넌 달라. 넌 아직 한 번도 그들과 시간을 보내본 적이 없잖아!
Q	A. 목소리가 너무 커.
A	어차피 아무도 없는걸.
Q	내가 있잖아.
A	넌 Q잖아!

사이.

A	인형은 어디 있어?
Q	어?
A	인형. 손에 없잖아.
Q	아. 욕조에 숨겨두고 갔어.

Q가 인형을 꺼낸다.

A   왜?

Q   병원 갈 때 들고 갈 순 없으니까.

A   소중한 거라며. 자식이라고 했잖아.

Q   부모도 자식을 늘 데리고 다닐 수는 없어.

Q가 행복한 듯 인형을 껴안고 입 맞춘다.

그 모습을 A가 가만히 본다.

A   꼭 어린 애 같네.

Q   어? (가다듬는) 내가 뭘.

사이.

A   내가 쓴 얘기나 좀 들어.

Q   A, 나 좀 지쳤어. 오늘 진짜 많이 돌아다녔단 말이야. 잠
              깐만 쉬었다가 들으면 안 돼?

A   응. 안 돼. 지금 막혔단 말이야.

Q가 욕조에 눕는다.

A   듣고 있어? 다음 스토리가 생각이 안 난다고.

Q   (하품하며) 듣고 있어.

A   남자가 어떻게 하면 나를 좋아할 수 있어?

A가 이리저리 걷는다.

A	아내, 아내, 아내. 계속 아내 얘기만 하잖아.
Q	남자가 왜 '나'를 좋아해야 하는데?
A	그런 사람이 나한테 온다면, 그거 엄청날 거 같지 않아? 엄청 흥미진진할 거라고. 주말이 끝나기 전에 이야기를 완성하고 싶어. 월요일에 내가 이걸 연기하면, 모두들 기립박수를 칠거야. 그리고 선생님은 사과를 하겠지. 이건… 이건 나를 압도해버렸어! 몰라봐서 미안해. 그리고…… 그리고 고마워. 내 선택이 틀리지 않았다는 걸 증명해줘서. 또…… (무슨 생각을 하는 듯) 또…… (이러면 안 된다는 듯 고개를 휘휘)

A, 곧 무슨 생각이 든 듯, 달라지는.

A   넌, 특별해.

긴 사이.

20. (2)-9

(이어서)

'나'가 위건우를 빤히 본다.

나   비가 와요.

위건우   그래요?

갑자기 빗소리가 들리기 시작한다.

위건우   어떻게 알았어요? 안 들렸었는데.

나   전 다 알아요.

사이.

나   나, 어디서 본 적 있지 않아요?

위건우   (본다) 어…… 글쎄. 난 진짜 모르겠는데…….

나   다시.

위건우   닮은 사람이 있나.

나   다시.

위건우   낯이 익은 것 같기도 하고.

나   나시.

위건우   혹시 나, 알아요?

        사이.

나   몰라요.

        사이.
        '나'가 위건우를 보며 씩 웃는다.

나   남자는 혼란스러운 얼굴로 '나'를 본다.
        왜냐하면, '나'를 어딘가에서 만난 적이 있다고 믿고 싶어
        졌기 때문에.
        그렇지 않고서는 이해가 가지 않았다.
        왜 머릿속에 어떤 장면들이 자꾸만 뚜렷해지는지.

        '나'의 갈색 머리카락을 헤집는 자신의 손가락.
        매끈한 귓바퀴의 촉감.
        통통한 입술이 벌어질 때 나는 소리와
        작은 어깨를 으스러질 듯 끌어안는 자신의 두 팔.

        곧 남자는 모든 걸 확인하고 싶어졌다.
        '나'의 목덜미에 난 솜털이 자신의 혀를 얼만큼 간질이는
        지.
        '나'의 배꼽이 얼마나 깊은지.

'나'의 품에서 고소한 버터 냄새가 나는지.
'나'의 온몸이, 정말 그토록 뜨거운지.

위건우가 다가온다.

나   빗소리가 더 이상 들리지 않는다.
번쩍하고 어두운 하늘에 빛이 빠르게 스쳐 간다.
남자는 천둥이 치는 소리를 듣는다. 빠르게 휘몰아치는
천둥소리.
남자는 가슴을 울리는 그 소리가, 자신의 귀에만 들린다는
것을 깨닫는다.
뜨거운 피가 자신의 피부 가장 가까운 곳에 퍼져가는 것
을 느낀다. 천천히, 하지만 닿지 않는 곳 없이. 느릿느릿
퍼져가는, 끈적한 피.
'나'의 온몸을 흐르고 있을, 피.

더 이상 다가갈 수가 없다.
이미 남자와 '나'의 거리는 아주 가까워져서,
서로가 뱉는 숨을 느낄 수 있다.
남자는 '나'가 뱉은 숨을 마셔본다.
고소한 버터 냄새.
남자는 자신의 손가락을 본다.
자신의 손이 낯설게 느껴진다.
여자의 허벅지를 움켜쥐던 손가락.
남자는 그 손을 뻗는다.
손가락이 가늘게 떨려온다.

손가락이 '나'의 이마에 닿는다.

차갑고 단단한 이마.

거기에 맺힌 작은 땀방울들이 닿는다.

눈썹, 붉은 볼, 콧대와 콧방울… 코끝.

입술.

통통한 입술이 벌어질 때 나는 소리.

남자는 귀를 기울인다.

두 사람이 입을 맞춘다.

이내 떨어진다.

'나'가 남자가 들고 있던 술잔을 가볍게 빼앗아 내려놓는다.

나   술, 넘쳐요.

번쩍. 번개가 친다.

나   사랑은 나를 향한다.

사랑이 나를 흐르면, 나는 알 수 있다.

나의 머리카락이 갈색이었다는 걸.

내 귓바퀴가 둥글고, 내 쇄골이 곧게 뻗어 있다는 것을.

내 젖꼭지와, 주름진 배꼽과, 음모와 사타구니, 무릎과 발목, 발톱의 모양을 알 수 있다. 그게 내 몸에 존재한다는 것을, 느낄 수 있다.

너는 파티에서 수학 선생님에게 말하지 않은 것들을 나의 귀에 속삭인다.

너는 옆집 사람과 맞추지 않은 입술을 나에게 맞춘다.

나를 빛나게 하는 너.
나 없이 존재할 수 없는 너.
무수한 너와 너와 너가 만드는, 나.

그들은 내가 되고
그들이 더 이상 그들이 아니게 되었을 때,
우리는 그것을 사랑이라 부른다.

'나'가 웃는다.

암전.

21. (2)-10

다른 날.

천둥소리.

고미주와 위건우가 나란히 앉아있다.

두 사람, 함께 핸드폰 게임을 하는 듯.

고미주   12 나와라 12, 12……! 12!
위건우   …2네. 10 어디 갔어.

사이.

고미주   비 오는 거 같지 않아? (보는)
위건우   (보고) 아직. 천둥 계속 치네. 4 간다. 4, 4, 4. (사이) 망할.
고미주   잘 좀 해봐. 왜 남의 땅만 가.
위건우   마음대로 되냐고. 이게.

고미주   나간 지 꽤 되지 않았어?
위건우   그러게. 비 올 것 같은데. (사이) 자기 차례.
고미주   (집중하는)
위건우   우산 들고 나가볼까.
고미주   내가 나갈까? 나도 산책할 겸.

위건우 자기 무인도 갔다.

고미주 ······.

두 사람, 한참 핸드폰만 본다.

고미주 욕실 천장. 어떻게 할 거야? 다리도 복구됐는데.

위건우 뭘 어떻게 해?

고미주 저대로 둘 거야?

위건우 유리 주문해야지, 얼른. (사이) 아. 무인도 왜 나왔어. 버티
지.

고미주 못 먹어도 고야. (사이) 유리 지금 주문해도 시간 너무 오
래 걸려. 방수 천막 물 좀 뺐어?

위건우 물 안 고이게 해놨어. 그 애랑.

고미주 언제?

위건우 어젯밤에. (사이) 에이씨. (핸드폰 내려놓는)

고미주 또 파산이네.

위건우 뭘 좀 업그레이드를 해봐. 주사위를 바꾸든지.

고미주 자기야. 난 잘 했어. 자기가 마지막에 걸리지만 않았어도.

위건우 같은 팀 말고, 일 대 일 한 번 할래?

고미주 됐어. (사이) 언젠 우리끼리 경쟁하는 거 싫다고 해놓고.

위건우 질린다. 이것도.

고미주 그러게. 순전히 다 운이야.

긴 사이. 침묵.

위건우 뭐라도 마실래?

고미주   난 괜찮아.

위건우   그래, 그럼. 난 좀 마셔야겠다.

위건우가 나간다.
고미주가 위건우의 뒷모습을 본다.

고미주가 핸드폰을 내려놓다가,
무언가를 발견한다.
'나'가 쓴 대본이다.

고미주가 그것을 집어 올린다.

고미주   대본을 이렇게 막 굴려도 되는 건가. 기껏 도와줬더니. (웃는)

고미주가 첫 번째 페이지를 읽는다.

고미주   여자가 있다. 겁에 질린 얼굴을 하고서.
짙은 안개 속에서 헤드라이트 불빛이 깜박. 깜박. 깜박.
흐릿한 시야. 그 너머에.
'나'가 있다.

고미주가 페이지를 몇 장 넘긴다.

고미주   '나'는 말하지 않는다.
여자가 자동차로 친 것이 사실은 까만 길고양이 한 마리

였다는 것을.

…저 갈아입을 옷 좀 줄 수 있어요? 추워요. …기다려요.
남편 옷이….

사이.

고미주　비는, 이미, 오래전에, 그쳤어요.

고미주가 페이지를 더 넘긴다.

고미주　누군가 문을 두드린다. 비가 그치자마자 달려온, 이 집의
또 다른 주인. 남자.
남자가 위스키를 따른다. '나'가 그를 본다.
…레게 머리. 더 나이 들기 전에 꼭 다시 해보고 싶은데.
미주가 별로 안 좋아해서. 주책이라고.

고미주가 다급하게 페이지를 더 넘긴다.

고미주　……남자는 자신의 손가락을 본다. 자신의 손이 낯설게
느껴진다.
여자의 허벅지를 움켜쥐던 손가락. 남자는 그 손을 뻗는
다.
손가락이 가늘게 떨려온다.

위건우가 위스키를 마시며 다가온다.

위건우   아무래도 나가보는 게 좋겠어. 비가 조금씩 떨어지는 게.
          어두워지니까, 내가 나가볼게.

위건우가 다가온다.

위건우   뭘 그렇게 봐?
고미주   술, 넘쳐요.
위건우   뭐?

고미주가 위건우를 올려다본다.

위건우   …….

위건우가 고미주의 손에서 대본을 가져간다.
읽는다.

비가 내리기 시작한다.

두 사람, 말없이 서로를 바라본다.

22. (1)-12

Q가 나타난다.

Q   무슨 짓이야.

A가 나타난다.

A   우리 대본, 학교 축제 때 공연하기로 확정됐어.

Q   어쩌려고 그래.

A   애들이 아주 열심히 해. 남자, 여자 역할 맡겠다고 한바탕 난리 났었어.

Q   두 사람이 다 널 사랑해?

A   그런 것 같지?

Q   말도 안 돼. 우린 특별한 사랑에 대해서 얘기하는 거잖아. 특별한 둘.

A   그래. 유일한 나. 난 특별해졌어. 특별한 사랑이 늘어나면 더 좋은 거 아냐?

Q   A.

A   Q. 선생님이, 이제 나를 무시하지 않아. 나보고 특별한 것 같대. 내가 아주… 특별한 사람이래. 난 더, 더 특별해지고 싶어.

위건우   이게 너야?

고미주   ……(보는) 넌?

Q   당장 그만둬.

위건우   겨우 이게 우리야?
고미주   건우야.
위건우   대체 어쩌려고……. 대체…… 왜.

Q   이건 내가 말한 사랑이 아니야.

고미주   널 다 안다고 생각했는데.
위건우   ……. 그건 나도 마찬가지야.
고미주   우린 다르다고 믿었는데.

Q   왜 이런 얘길 쓴 거야?

위건우   낯설어.
고미주   너도.

Q   너, 나만 사랑하는 게 아니었어?

위건우   무서워. 미주야.
고미주   …나도.

Q   A. 너 나하고만 사랑하기로 했잖아.

위건우   우리 달라지지 않을 거지?
고미주   …….

위건우   우리 달라지지 않는 거지?

Q   그게 특별한 거라고.

위건우   나 좀 봐주라. 응? 내 얼굴 좀.
고미주   실수라고 말하고 싶어?
위건우   …….
고미주   실수라고, 말할 수 있어?
위건우   모르겠어.

A   Q. 저들을 봐.

        Q와 A가 고미주와 위건우를 본다.

고미주   이럴 줄 몰랐어? 이럴 줄 모르고 그랬어?
위건우   나… 나 정말……
고미주   우리가 어떻게,
위건우   내가 아니었어.
고미주   어떻게 이래. 넌 너고, 난 난데.
위건우   무서워…….

A   이 모든 게 다.

고미주   그 애를 사랑해?

A   전부 다.

위건우   넌?

A   나 때문이야. (웃는)

위건우가 무어라 말하려 하는 고미주를 끌어안는다.

A가 Q에게 다가간다.

A   Q. 나를 사랑해?
Q   …널 사랑해. 내 모든 걸 바칠 수 있어.

Q가 A에게 인형을 내민다.

Q   줄게. 다 줄게. A. 왜냐면 이게 사랑이니까.
난 너만을 위해……
A   당연하지. 넌 나만 사랑하니까. 그렇지?

Q   말해줘, A.

위건우   말해줘.

Q   너도, 나만 사랑한다고.

위건우   날 사랑한다고.

A   그래.

위건우   우리가 지은 집에서, 나랑 평생 함께할 거라고.

고미주   사랑해.

A   난,

고미주   말해줘. 이전처럼. 날 사랑하지 않는 너는 상상도 할 수
              없다고.

위건우   사랑해.

나   (어딘가에) 사랑해. 네가 날 사랑하는 만큼.

              각기 다른 곳을 보는 네 사람.

23. (2)-11

'나'가 위건우와 고미주를 본다.

나　　　　뒷얘기가 궁금하지 않아?

고미주　　우리 둘이 결정했어. 너랑 셋이 지내는 거.
위건우　　그러니까 너를 함께……
고미주　　함께… 하기로.
위건우　　같이 바비큐도 하고.
고미주　　여름엔 휴가도 가고. 우리 바쁠 땐 네가 빨래도 좀 하고.
위건우　　쉬면서 글도 써.
고미주　　산책하기에도 좋으니까.

나　　　　평생 함께하기로 약속했으니까. 서로가 없는 세상은 상상도 할 수 없을 테니까. 그게 전부라고 믿었을 테니까. (웃는) 노력할 거야. 안쓰럽게도.

위건우　　잠은……
고미주　　번갈아 가면서…… 아니.
위건우　　그냥 다 따로 자.
고미주　　침대가 하난데.
위건우　　두 개 더 사.
고미주　　그러지 말고 그냥 셋이……
위건우　　셋이?

고미주   아니. 잠만……

사이.

나   진짜 귀엽지 않아? 이런 결말이라니. 그들은 내가 쓴 대본에 있는 세계를 본 거야. 그러니까, 이쪽 세계! 우리가 그들을 발견한 것처럼, 그들도 우리를 발견한 거지.

두 사람, 점점 더 간절해진다.

위건우   이게 우리 최선이야. 우리는 평생 함께하기로 약속했고,

고미주   넌 우리의 실수도 아니니까.

위건우   힘들겠지. 물론 힘들 거야. 이상하고, 어색하고, 불편하겠지.

고미주   네 대본. 거기에 나온 주인공처럼.

위건우   그래. 그런 세계도 있다면. 어딘가 있다면. 우리도.

고미주   우리도 널 공유할 수 있겠지. 둘이 아닌, 셋이서.

나   하지만 알잖아?

조금 더.

위건우   이대로 예전처럼.

고미주   완벽했던 그때처럼.

위건우   달라지는 건 없어.

고미주   달라지는 건……

나	사랑은 유일한 거야. 그들은 이미 날 사랑하게 됐거든.
	모든 건 변했어.
	Q, 너처럼.

고미주와 위건우가 '나'를 본다.

나	언젠가 두 사람은, 나를 바라보는 서로를 발견하겠지.

고미주가 '나'를 바라보는 위건우를 본다.

나	서로가 알고 있던 이름을 불러볼 거야.

고미주	건우야.

위건우가 고미주를 본다.

나	그게 달라졌다는 것도 알게 되겠지.

고미주	나 한 번만 불러줄래.

위건우	고미주.

고미주	아니야.

나	계속 부정하면서.

위건우   고미주.

나   확인하는 거야.

고미주   너 누구야?

나   부서진 것들을.

위건우   누구야.

나   믿고 있던 너.

고미주   모르겠어.

나   믿고 있던 나.

위건우   모르겠어.

나   알았다.

세 사람의 눈이 모두 '나'를 향해 있다.

'나'가 웃는다.

나   이게 사랑이군요?
       (사이)

이게, 사랑이군요.

위건우와 고미주가 서로 반대 방향으로 나간다.

나   Q.

Q가 다가간다.

Q   이게 네 대답이야?
A   나 이제 알아.
Q   이게 진짜 네 결말이야?
A   어때? 네가 만든 시시한 결말보다, 이게 훨씬 더 재밌잖
           아.

Q가 한 발 더 다가간다.

Q   나 학교 안 갈 거야. 네 옆에만 있을 거야.
A   그래?
Q   나한테 넌 그만큼 소중하니까. 유일하니까.
A   잘됐네.
Q   ……A. 내 말 제대로 들은 거 맞아? 나 널 위해 밖으로
           나가지 않겠다니까?
A   그래. 잘했어. 엉덩이라도 두들겨 줘야 해?
Q   난 널 위해 내 인형까지도 포기했다고!
A   이거?

A가 인형을 버리듯 떨어뜨린다.

A   포기했다는 말은 틀렸어.

A가 인형을 밟는다.

A   바쳤다고 해야지. 넌 날 위해 바친 거야. 네 모든 걸. 사랑하는 날 위해서.

Q가 뒷걸음질 친다.

Q   넌 날 사랑하지 않아.

A   또 틀렸네. 난 널 사랑해.

Q   그게 아니야! 넌 약속을 지키지 않았어. 넌 나만 사랑하기로 했어. 우리 둘만 유일하다고 했어.

A   너랑 난 유일해. 넌 유일하게 날 사랑하잖아.

Q   넌 사랑하지 않아! 넌……

A   Q. 이젠 모두가 날 유일하게 사랑해. 선생님도 그랬어. 날 무시하던 얼굴은 온데간데없고, 날 가지지 못해서 안달이야. 그 사랑을 자기한테도 가르쳐달래. (흉내 내는) 날 특별하게 만들어줘. A. 제발. 너만이 날 특별하게 만들 수 있어……

Q가 A의 목을 조른다.

Q   넌 내 거였어. 넌 내가 가진 유일한 거였어.

A가 Q의 손을 잡는다.

A   너 미쳤어?

Q   미친 건 너야. 그딴 걸 사랑이라고 부르다니. 넌 돌았어. 이걸 사람들 앞에서 공연하겠다고? 이걸 사랑이라고 가르치겠다고?

A   (웃는) 너 질투하는구나? 그렇지? 내가 너무 특별한 사랑을 만들어서! 넌 상상도 못 했던 거잖아. 안 그래?

Q   특별한 사랑? 네가 말하는 건 이쪽 세계의 사랑도, 그쪽 세계의 사랑도 아니야. 네가 만든 건 그냥 괴물일 뿐이야. 욕심으로 가득 찬 괴물!

A가 Q를 뿌리친다.

A   괴물? 이건 네가 가르친 거야. 사랑 받는 만큼 특별해질 수 있다고. 나만 바라보고, 나만 생각하고, 그런 사랑이 진짜라고 했잖아. 난 그 '진짜' 사랑을 더 많이 원했을 뿐이고.

Q   틀렸어! 그건 네가 한 사람만 사랑할 때의 얘기야. 넌… 넌 지금 아무도 사랑하지 않잖아.

A   아직도 모르겠어? Q. 그래야 더 많은 사랑을 가질 수 있는 거야. 나 혼자서!

Q   난 이제 아무것도 없어. 그런데 넌 모두를 가지겠다고? 내가 널 얼마나 소중하게 대해줬는데. 내가 널 얼마나 특별하게 만들어줬는데!

A	정신 차려. 널 특별하게 만들어준 건 나야. Q. 넌 아무것도 아니었어. 네가 나 아니었으면 사랑이란 걸 해볼 수 있었을 것 같아? 네가 만든 얘기가 세상에 나올 수 있었을 것 같냐고. 그 냄새나고 더러운 화장실 안에서!
Q	A!

Q가 기어가듯 다가간다.

Q	제발 그만해. 날 사랑한다고 해줘. 나만 사랑하겠다고. 너 이런 애 아니잖아. 내가 널 발견했잖아. 예쁜 목소리. 우리가 나눠 먹던 크림빵. 기억 안 나?

A	Q. 누구도 평생 크림빵만 먹으면서 살 수는 없어.

사이.
Q가 일어난다.

A	제빵사가 소년만을 위한 빵을 만들었다고? Q. 정신 차려. 그건 제빵사 시점일 뿐이야. 봐. 소년에겐 이미 더 많은 빵들이 있어. "빵에 소시지가 들어있대! 어떤 빵은 머리통보다도 크다던데?"

Q가 서서히 다가간다.

Q	A.
A	온갖 사람들이 나만을 위한 빵을 만들어준대. 그게 사랑

164

이야. 더 많은 빵을 갖는 거.

Q   A.

A   내가 만든 것들을 봐. 아무것도 못 하던 내가. 아무도 알 아보지 못하던 내가!

Q   A.

A   그래. 나 A야. 이제야 난 A야. 모두가 기억할 거야. 내가 A라는 걸. 내 이름이 바로⋯⋯

A를 안는다. 그리곤 면도칼로 A의 목을 긋는다.

Q   A. 알겠어?

A   Q.

Q   널 기억하는 건 나뿐이야.

A   너⋯⋯

Q   이제 널 발견할 사람은 아무도 없어.

아무도.

Q가 웃는다.

암전.

24. (2)-12

고미주와 위건우가 외출 준비를 하고 있다.
Q가 화장실, 자신의 자리에 있다.
위에는 커다란 방수 커버가.

Q   그러니까 이건, 어떤 집에 대한 이야기다.

두 사람은 서로 눈을 맞추지 않는다.

Q   아치형 천장도, 통유리 천장도 갖지 못한, 불안하게 걸쳐
           진 임시 천막이 자리 잡은, 어떤 집.

고미주   티켓, 챙겼어?
위건우   응.

Q   그곳에 어떤 부부가 있다.

위건우   무슨 내용이래?
고미주   연극?
위건우   당신이 연락받았잖아.
고미주   건축가가 나오는 얘기라던데.
위건우   학교 연극을 왜 갑자기 당신더러 보러 오라는 거야?
고미주   …정확히는 당신이랑 나지.

Q   우리라고 부를 수 없는. 뻥 뚫려버린, 그들.

고미주   저기.

위건우   (보는)

고미주   아니야.

위건우   있잖아.

고미주   (보는)

위건우   ……비. 올 것 같지 않아?

그러자 곧 빗소리가 들린다.

고미주   그러게.

두 사람, 멍하니 창밖을 본다.

그러자 희미하게 들리는 고양이 울음소리.

그리고,

똑 똑 똑.

두 사람, 동시에 문을 바라본다.

Q   그리고 그들은 그것을 사랑이라 부르기 위해.

문이 열린다.

Q가 일어선다.

굵어지는 빗방울이 천막에 부딪치는 소리.

어두워지는 집안.

막.

쿠르간

Kurgan

등장인물

때 – 곳

어느 가까운 미래 – 유적지 발굴 현장 / 숙소 겸 연구소 로비
1937년 10월 – 카자흐스탄 어느 벌판

무대

무대는 장에 따라 자유롭게 바뀐다.
그러나 언덕처럼 보이는 커다란 무덤(쿠르간) 하나는 줄곧 무대에 존재한다.
무덤(쿠르간)은 일부 손상되어있다.

0. 프롤로그

어렴풋한 달빛 속에 울려 퍼지는
누군가의 노랫소리.

"사공의 뱃노래 가물거리면
삼학도 파도 깊이 스며드는데
부두의 새악시 아롱 젖은 옷자락
이별의 눈물이냐 목포의 설움"[1]

달빛이 조금 더 밝아지면,
남소영이 언덕(쿠르간) 위에 서 있다.

이율리야가 언덕 아래에서 춤을 춘다.

"유달산 바람도 영산강을 안으니
임 그려 우는 마음 목포의 노래-"

이율리야가 언덕 위를 올려다본다.
남소영은 먼 곳을 바라본다.

그리고 다시 어둠 속으로.

---

1 1935년. 〈목포의 눈물〉

1막

1-1. 발굴 현장

류정주가 시굴조사 결과지를 보고 있다.
석이훈이 푸딩을 먹으며 함께 결과지를 들여다보고 있다.
남미하일이 시굴을 했던 자리에 앉아 땅을 살피고 있다.

석이훈이 먹던 푸딩이 결과지에 뚝 떨어진다.

석이훈　　엇. 죄송.

석이훈이 흘린 푸딩을 손으로 슥 닦는다.
류정주가 석이훈을 노려본다.

석이훈　　(남은 푸딩 건네며) 드실래요.
　　　　　　맛있어요. 초코맛.

류정주가 무시한다.

류정주　　(남미하일에게, 러시아어[2]) 어때요?
남미하일　　(러시아어) 글쎄요. 모험인 건 맞는데.
류정주　　(러시아어) 그렇죠? 아무래도.

---

2 외국어는 자막 처리.

남미하일　(시계 확인하는, 러시아어) 좀 기다려보죠. 곧 오실 텐데. 저희끼리 선택하기엔 무리가 있네요.

류정주　(러시아어) 같이 오신대요?

석이훈　(어눌한 러시아어) 같이 오신댔어요. 박물관 들렀다가.

류정주　(석이훈에게) 어.

석이훈　(어눌한 러시아어, 남미하일에게) 저희 팀장님은 아마 무조건 여기로 하실 거예요.

남미하일　(미소)

석이훈　쉽지 않네.

석이훈이 남은 푸딩을 마시듯 먹어치운다.

류정주　푸딩도 유제품이야.

석이훈　?

류정주　너 오늘만 푸딩 6개째 아냐? 이제 시작인데 배탈 났다고 화장실 들락거리면 너 나한테 죽는다.

석이훈　아닌데. 7개 먹었어요. 아까 오는 차 안에서 하나 먹었지롱.

류정주　(한심하다는 듯 고개 젓는)

석이훈　(어눌한 러시아어, 남미하일에게) 디나 팀장은 어때요?

남미하일　(러시아어) 뭐가요?

석이훈　(어눌한 러시아어) 모험, 아니면 안주?[3]

류정주　(러시아어) 안주[4]겠지.

석이훈　유머, 유머.

---

3 закуска: 술을 마실 때 곁들여 먹는 음식.
4 водворéние: 安住. 현재의 상황이나 처지에 만족함.

남미하일　(러시아어, 미소) 글쎄요. 본인 의사는 본인에게 물어야겠죠.

그때, 남소영이 짐 가방을 들고 들어온다.

세 사람, 남소영을 본다.

석이훈　어, 이쪽으로 오심 안 되는데.
남소영　안녕하세요.
류정주　남소영 박사님?
남소영　네. 처음 뵙겠습니다.

류정주가 다가가 남소영에게 악수한다.

석이훈　뭐야. 누구예요?
남소영　남소영입니다. 문화재연구소 고고연구 소속입니다.
석이훈　어어! 국문연[5]에서 오신 거예요? (사이) 나만 몰랐어?
류정주　어. 너만 몰랐어. (남소영에게) 오시느라 고생 많으셨어요. 교수님께 말씀 들었습니다. 저는 이번 프로젝트 보조연구원 류정주입니다.
석이훈　(악수하며) 보조연구원, 석이훈이라고 합니다. 서기, 훈 아니고, 석, 이훈입니다.
남소영　반가워요. 갑자기 합류하게 돼서 불편하실 텐데, 모쪼록 잘 부탁드립니다.

---

5 국립문화재연구소

석이훈 불편하긴요! 안 그래도 한교수님 빈자리가 무지막지하게 컸는데…

류정주 아. 이쪽은 카자흐스탄 연구원이에요. 미하일씨.

남미하일이 다가가 인사한다.

남소영 (러시아어) 안녕하세요.

남미하일 (러시아어) 안녕하세요.

남소영이 파괴된 쿠르간을 둘러본다.

남소영 와. 끝내주네. 아주 절묘하게 손상됐네요. 쓸려간 게 있을 수도 있겠는데.

석이훈 여기 오기로 하신 거, 아주 잘하신 겁니다. 요즘 학계에서 엄청 핫한 거 아시죠. 이번에 국립에서 카자흐스탄 황금 인간 특별 전시까지 했잖아요. 보셨죠? 그게 그때 저희 팀도 참여했다가…,

남소영 아쉽게도 보진 못했네요. 하필 좀 일이 있었어서.

석이훈 아아. 뭐… 그럴 수도 있죠. (짧은 사이) 그건 아시죠? 왜, 샴쉬 유적에서 출토된 황금 데드마스크요. 거기에 나뭇가지 장식이 잔뜩 새겨져 있었잖아요. 신라 왕관에 있는 거랑 비스무리하게. 그게 요번에, 4~5세기 유물로 밝혀졌거든요. 우리 신라 왕관이랑 일치하는!

남소영 (끼어들며) 그래서 이번 프로젝트 연구비도 큼지막하게 받아낼 수 있었구요. 그렇죠?

석이훈이 으쓱한다.

류정주가 웃는다.

남소영   (류정주에게) 아, 발굴지는 확정된 건가요? 김교수님께 여기 주소를 받았는데.

류정주   아마도요. 시굴도 다 끝냈고, 결정만 남은 것 같습니다. 교수님이랑 디나 팀장님 함께 오고 계세요. 두 분이서 결정하고 오실 것 같습니다.

남소영이 짐을 내려놓는다. 생수통을 꺼낸다.

남미하일이 시굴조사 결과지를 들고 원래 있던 자리로 간다.

남소영   디나 팀장이 그, 카자흐 쪽 팀장 맞죠?

류정주   네. 주립 박물관 관장님이세요.

남소영   김교수님께 들었어요. (물 마시는) 덥네요. 알마티까진 선선했는데.

석이훈   (생수통 보며) 어? 삼다수! 저 한 모금만 마셔도 돼요?

남소영이 건네고, 석이훈이 받는다.

석이훈   으- 한국 물! (마신다)

남소영   알마티 공항 정수기에서 받아왔습니다.

석이훈   (살짝 뿜는)

류정주   이해하세요. 여기 음식 안 맞는다고 며칠째 푸딩만 먹고 있거든요. 한국에선 양고기, 양고기, 노래를 불러놓고.

석이훈   한국 양고기랑 다르니까 그렇지. (남소영에게) 여기 와서 뭐 좀 드셔보셨어요? 전 치즈케이크에서도 향신료 냄새가 나는 거 같아요. 그나마 편의점에서 파는 푸딩 하나만 딱 괜찮은 거 있죠.

남소영 글쎄요. 아직 공복이긴 한데.

석이훈 (시늉) 죽어요. 죽어. 여기선 죽어도 못 살겠어요.

류정주 (남미하일을 의식하며) 전 여기 음식 괜찮던데.

석이훈 죽으면 당연히 못 살죠. 뭔 소리야. 전 나중에 외국 나가 사는 게 꿈이에요.

류정주 샤슐릭이라고 양꼬치 같은 거 있거든요. 한국 양꼬치랑은 비교가 안 돼요. 엄청 크고 탱탱해서. 러시아 거랑은 또 맛이 약간 다르더라구요.

남미하일이 눈빛을 느끼고 슬쩍 본다.

그리곤 살짝 웃어준다.

남소영 카자흐스탄 쪽은 두 명이라고 했죠?

류정주 네.

남소영 좀 그러네. 이쪽은 연구원만 두 명인데.

류정주 저쪽도 두 분 다 연구원이세요. 아무래도 현지니까 굳이 보조연구원이 필요 없었나 봐요.

남소영 저쪽에 보조연구원이 있어야 우리도 편한 거 아니겠어요? 그건 배려지. 우리가 이방인인데. 언어 문제도 그렇고.

석이훈 아! 그건 괜찮습니다! 우리 류 선배님께서 러시아어가 뭐 현지인 수준이시거든요. 저는 카자흐어를 또 하구요. 에, 곁가지로, 저도 러시아어 공부를 요즘 또 한참하고 있어서 스피킹은 쪼까 딸려도 리스닝 정도는……

그때, 김준만과 디나 사가토바가 대화를 나누며 들어온다.

김준만　　　(러시아어) …좋지 않은 선택이야.

디나 사가토바　　(러시아어) 내가 장담한다니까. 이게 옳아요.

김준만이 남소영을 발견한다.

김준만　　　어어― 남박사.

남소영　　　교수님.

김준만　　　잘 도착했네? 다른 나라 가 있을까 봐 걱정했는데.

남소영　　　…공항 도착했다고 연락드렸잖아요.

김준만　　　다들 인사 나눴어? 여긴 남소영 박사.

남소영　　　네. 방금 다 소개받았어요.

김준만　　　내가 국문연에서 특별히 모셔온 귀한 인재니까 다들 옆에
　　　　　　　서 열심히 보고 배우라구.

남소영　　　(다른 사람들에게) 누구 데리고 오실 때마다 하는 말씀인 거
　　　　　　　아시죠?

류정주와 석이훈이 웃는다.

석이훈　　　알다마다요. 교수님 따님 뵀을 때도, "내가 토론토에서 특
　　　　　　　별히 모셔온 인재니까 다들 옆에서 열심히 보고 배우라
　　　　　　　구." 근데 따님 중학생이었잖아요. (크게 웃는)

어색한 정적.

김준만 이쪽은 초면이지? 디나 팀장. 주립 박물관 관장님으로 계
시고, 한교수님 얘기 들었지? 한교수님이랑 오랜 친구서.
처음 이 프로젝트를 공동으로 계획하신 분이기도 하고.

남소영 아. (러시아어) 안녕하세요. 남소영입니다.

김준만 (러시아어) 디나, 이쪽은 남소영. 제가 특별히 데려온 친구
예요. 다방면으로 인재예요. 인재.

디나 사가토바 (러시아어) 환영해요, 소영.

디나와 남소영이 악수한다.
디나가 남소영의 얼굴을 본다.

디나 사가토바 (러시아어) 소영의 얼굴을 보니, 왠지 엄청난 역사가
발견될 것 같은 기분이 드는데요.

남소영 어…….

김준만 (러시아어) 디나. 소영은 아직 러시아어에 능숙하지 않아
요. 한국 고고학 전공이라, 이쪽은 아마 처음일 거예요.
(한국어) 그냥 칭찬하셨어. 남박사, 그, 얼굴 좋다고.

남소영 얼굴……?

디나 사가토바 oh, sorry, sorry.

석이훈이 류정주에게 귓속말을 한다.

그들이 자신을 두고 속닥이는 것처럼 느껴진
남소영이 그들을 의식한다.

남소영을 눈치챈 류정주가 석이훈을 팔로 툭 친다.

류정주   쉿!

석이훈   (작게) 배 아픈 것도 얘기 못 해요?

남미하일   (러시아어) 관장님, 결정은 됐나요?

디나 사가토바   (러시아어) 아, 미하일. 네 견해는?

남소영   (김준만에게) 발굴지 결정은 된 거예요?

남미하일   (러시아어) 어제 말씀드린 데서 변함없어요.

김준만   엉. 그래, 참. 오면서 안 그래도 그 얘길 했는데.

디나 사가토바   (러시아어) 난 아직 살짝 고민이 되는데……

디나 사가토바가 김준만과 눈을 맞추고,

무어라 상의하려는데,

김준만   이 파괴된 쿠르간을 우리 프로젝트의 발굴지로 확정하기
로 했다.

남미하일   (작게, 러시아어, 디나에게) 이 쿠르간이 확정됐다고 말씀하
셨어요.

디나 사가토바   (러시아어, 웃으며) 한국 사람들답네.

석이훈이 박수를 친다. 류정주도 따라서 친다.

석이훈이 환호를 한다.

남미하일   (카자흐어) 좀 싫다.

디나 사가토바가 남미하일의 옆구리를 살짝 찌르고, 박수 친다.

남미하일도 마지못해 박수친다.

김준만 에, 다들 아시다시피, 우리 프로젝트에 학계의 많은 눈들이 주목하고 있어요. 우리의 작업 결과로 신라가 초원길을 통해 여기 카자흐스탄, 이 거대한 중앙아시아 땅과 교류를 이어나갔었다는 증거를 찾을 수 있을 겁니다. 새로운 역사의 발견을 위해, 모두 적당히 책임의식들 가지시고.

석이훈 막중합니다, 막중해!

김준만 함께 파이팅 해봅시다!

석이훈 아자, 아자! 파이팅!

어색하게 각자 파이팅 하는 사람들.

류정주 아까 오시면서 디나 팀장님이랑 대화하시는 거 듣고, 아직 결정 안 난 줄 알았어요.

김준만 아냐. 우리 둘 다 생각이 같았어. (사이) 아까는…,

석이훈 (끼어드는) 엄청 심각하게 대화하시던데.

김준만 저녁 메뉴 토론한 거야. (남소영에게) 밥 아직이지?

남소영 (가방 다시 메다가, 가방 보이며 으쓱)

김준만 왜 바로 왔어? 숙소에 있어도 될걸.

남소영 교수님이 이리 오라고 문자 보내셨잖아요.

김준만 그랬나.

석이훈 그래서 저녁 메뉴가 뭔데요?

디나 사가토바가 남미하일을 툭 치면, 남미하일이 작게 통역.

김준만 그게, 오늘 저녁이 원래,

디나 사가토바	(어눌하게) 닭볶음탕!
석이훈	닭볶음탕?!
디나 사가토바	준만.
석이훈	준만?!
김준만	그래. 나. 인마.
석이훈	아. 죄송합니다.
김준만	좋아. 날도 날인데, 내가 실력발휘 좀 한다! 가자구.

석이훈이 환호한다.

류정주가 시끄럽다고 석이훈을 때린다.

류정주	(목소리만) 야! 소리 울려. 울려.

시끌벅적 나가는 김준만, 류정주, 석이훈, 디나, 남미하일.

남소영이 쿠르간을 한 번 더 보고, 따라 나간다.

1-2. 어느 벌판

율리야의 노랫소리.

이율리야	(노래) 봄이 왔네 봄이 왔네 내 고향 산과 들에 봄이 왔네
	밭을 갈아 씨를 뿌려 기쁨을 안고서 버들 꺾이네[6]

---

6 〈봄노래〉, 김병학, 한야꼬브, 『재소고려인의 노래를 찾아서』, 화남출판사, 2007.

이율리야와 신로자, 신응수, 이류보비가 걸으며 나타난다.

신응수가 제일 앞에, 그 뒤를 율리야가 잠든 류보비를 업고,
맨 뒤를 신로자가 따르고 있다.

그들은 많은 짐을 이고, 안고, 끌고 있으며
매우 지쳐있다.

이율리야   9월 9일, 우리는 살고 있던 연해주를 떠나는 와곤[7]에 몸을
실었다. 어디로 가는지, 왜 가야 하는지 우리는 아무것도
알 수 없었다. 우리가 챙길 수 있었던 것은 이불 몇 채와
옷가지, 감자나 절인 닭고기 몇 마리 정도뿐이었다. 오늘
이 며칠일까. 10월? 어쩌면 11월. 한 해가 지나가 버렸을
지도 모른다고, 나는 생각했다.

언덕에 가까워지는 네 사람.
신응수가 멈춘다.

이율리야   시간도 장소도 알 수 없던 상자 같은 와곤 속에서 우리는
오빠와 할머니를 잃었다. 몸이 약했던 할머니는 주무신
채로 돌아가셨다. 출발한 지 얼마 되지 않았을 때여서 우
리는 몇몇 아저씨들의 도움을 받아 잠시 정차한 역에 할
머니를 묻고 올 수 있었다. 며칠, 몇 주가 지나면서 산 사
람들은 죽은 사람들을 그대로 열차 밖에 내던져야 했다.

---

7 기차

냄새도 나고 벌레가 들끓기 때문에 어쩔 수 없다며. 사람들은 우리 할머니가 일찍 죽은 게 다행이라고 했다.

류보비가 칭얼댄다. 율리야가 류보비를 달랜다.

이율리야 오빠는 여기에 내려지기 이틀 전에 죽었다. 와곤에서 친해진 언니 오빠들과, 오빠는 매일 새벽 모여서 얘기를 했다. 와곤 지붕 위에 올라가 노래를 불러댔다. 위험하다고, 엄마는 오빠를 붙들었지만 오빠는 그게 레발류찌야[8]—라고 했다. 그 말이 무언지는 알 수 없었다. 오빠는 책을 든 채 달리는 와곤 지붕 위에 올라갔고, 처음 듣는 노래를 했고, 레발류찌야! 레발류찌야! (사이) 사라져버렸다. (사이) 사람들은 부서진 철로를 지날 때 아이들의 노래가 끊겼다고 했다. 와곤 아래로 떨어져 버린 거라고 했다. 그렇게 사라진 언니 오빠들은 영영 돌아오지 못했다.

신로자가 다가가 류보비를 휙 빼앗듯 껴안는다.

이율리야 엄마는 말을 잃었다. 엄마가 했던 마지막 말은,
(러시아어) 우리 아들이 아직 여기 있어요.
그 말을 끝으로 우리는 와곤에서 내려져야 했다.
(사이)
그곳에서 아무것도 잃지 않은 사람은, 아무도 없었다.
우리는 그래도 걷는다. 아무것도 없는 이곳에서.

---

8 революция. 혁명.

계속해서, 며칠이고. 왜일까.

율리야가 신응수에게 다가간다.

이율리야 날이 곧 저물 것 같아요, 할아버지. (사이)
류보비가 많이 추운가 봐요. 음식을 먹은 지도 너무 오래
됐고……

류보비가 더 크게 운다.
율리야가 돌아보자, 신로자가 류보비를 더 세게 끌어안는다.

이율리야 아이, 엄마. 그렇게 세게 안으니까 애가 더 울지.
신응수 여기다 풀어야겠다.
이율리야 여기에요?
신응수 (끄덕인다)
이율리야 하지만 아무것도 없는데요……. 하다못해 불 땔 거라두.
신응수 (휙 쳐다보는)
이율리야 ……. 네, 네. 알겠어요, 할아버지.

사이.

이율리야 운이 좋은 가족들은 수십 명이 한 곳에 내려지기도 했지
만, 우리 가족은 예외였다. 이 벌판에는 우리 네 식구만이
내려졌다. 그래서 첫날은 내려진 그곳에서 우두커니 선
채 보내야만 했다. 너무 추워서 넷이 꼭 껴안고 밤을 보냈
다. 있는 힘껏. 아주 꼭.

그래도 그건 좀, 나쁘지 않은 경험이었다.

신응수   여기 땅을 파야겠다. 언덕 아래라 그게 좋을 거야. 바람도
                적고 땅이 연해. 파기에 수월할 거다.

이율리야   땅을요? 하지만 우리는 삽도 없는데.

신응수   (다시 보는)

이율리야   네. 네. 손으로라도 팔게요. 복돌이처럼요.

멍멍, 하고 개 짖는 흉내를 내고, 율리야가 웃는다.
그 모습을 보고 류보비가 따라 웃는다.

이율리야   그래도 와곤에 갇혀 달릴 때보단 백배 나아요.

울음을 그친 류보비를 율리야가 다시 안는다.
신응수는 짐을 풀기 시작한다.

이율리야   바깥 풍경 하나 안 보이고. 사람들 욕지거리에 귀가 다 따
                가웠는데. 덥고 냄새나고 심심하고……. 그래도 여기는…
                바람이 불잖아요. 냄새도 좋아요. 풀냄새. 흙냄새. 겨울
                냄새. 너무너무 고요해서 기분이 좋아요. 와곤이 달릴 땐
                달리는 것 같지 않아 답답했는데, 여기 있으니까 가만히
                있어도 꼭 달리는 것 같아. 아아. 여기에 따뜻한 밥만 있
                으면 참 좋을 텐데.

이류보비   밥? 언니, 밥. 밥 줘.

이율리야   그래. 자.

율리야가 흙을 한 움큼 집어서 준다.

류보비가 화나서 율리야의 머리카락을 잡아당긴다.

이류보비   멍충이!

신응수   달리는 게 역겨워지는 때가 곧 올 거다.

이율리야   할아버지. 저 율동을 생각했어요. 이 부분이요.

(노래, 춤추며) 꽃이 피는 봄이 오면 우리네 가슴에도 진달래 피네-

어때요? 돌아가면 나쟈랑 사샤한테 알려줄 거예요.

내가 앞에서 이렇게 진달래 흉내 내면,

걔들이 내 옆에서 이렇게- 이렇게 팔을 젓는 거예요.

천천히. 바람에 흔들리는 풀잎처럼요.

이류보비   언니. (러시아어) 나도. 나도.

신응수   류보비.

이율리야   류보비. 나도. 라고 해야지.

이류보비   나도. 나도.

이율리야   그래. 이렇게.

율리야가 류보비의 팔을 잡고 흔들어준다.

류보비는 그것이 마음에 들지 않는지 자기 마음대로 움직인다.

이율리야   할아버지는 소련말을 싫어했다. 우리는 조선 사람이니 조선말을 써야 된다고. 하지만 난 조선엔 가본 적도 없는 걸.

신응수가 짐에서 총을 꺼내 닦기 시작한다.

신로자는 주저앉아 짐에서 아들의 웃옷을 꺼내 깁는다.

이율리야   엄마는 두 살 때까지 조선에 있었다고 했다. 엄마는 집에
서도 밖에서도 소련말만 썼다. 그래서 나도 엄마랑 얘기
할 땐 소련말을 썼다. 할아버지랑 엄마랑 얘기할 땐, 좀
웃기다. 할아버지가 조선말로 물어보면 엄마는 소련말로
대답한다. 웃겼다. (웃다가 멈춘다, 사이) 참 웃겼는데.

신응수   네가 진달래냐?

이율리야   물론이죠. 우리 소년단에서 제일가는 가수가 바로 저예
요.

이류보비   언니는 춤 못 추잖아.

이율리야   가수는 노래하는 게 중요한 거야.

이류보비   사샤 언니는 춤 잘 춰. (씰룩 씰룩 흔드는)

이율리야   나도 열심히 하고 있거든? 연습하면 안 되는 게 없다고
했어.
맞죠? 할아버지?

신응수   끈기만 있으면 세상에 못 해낼 게 없다.
도망치는 건 왜놈들이나 하는 짓이야.
그나마도 우리 의병대 앞에서는 불가능한 소리였다.
코레아 우라! 코레아 우라! 코레아 우라![9]

신응수가 류보비에게 총 겨루는 시늉을 한다.
류보비가 소리 지르며 율리야 뒤에 숨는다.

---

9 "대한민국 만세." 안중근 의사가 이토 히로부미 살해 직후 외친 러시아말로 알려
져 있다.

신응수가 호탕하게 웃는다.

이류보비 (할아버지 가리키며) 루스키![10]

신응수 이건 소련 말이 아니야. 조선의 구호다. 이토를 사살한 안 중근 준장께서 수많은 소련군인들 앞에서 외쳤다. 코레아 우라! 코레아 우라! 코레아 우라!…

신로자가 바늘에 찔려 소리를 낸다.

이율리야 엄마! 괜찮아? 봐. 피나잖아.

신로자의 피가 꿰매던 옷에 묻어있다.
신로자는 서둘러 그 자리에 침을 뱉어 비벼 빤다.

신응수 내버려 둬라. 산 자식 못 챙기고 죽은 아들 옷이나 붙잡고 있는 게 무슨 애미라고. 전부 다 태우라니까 말을 안 듣 고……

이율리야 할아버지! 나 돌아가면 꼭 다시 학교 보내주기로 약속했 죠?
나 꼭 공연할 거예요. 여기 오는 내내 연습했으니,
아마 소년단 애들도 듣고 깜짝 놀랄 거예요.
금방 돌아갈 거죠? 네?
우리 집이랑, 두고 온 복돌이랑. 다 볼 수 있는 거죠?

신응수 당연한 걸 왜 자꾸 물어. 일본 첩자를 색출한답시고 우리

---

10 рýсск|ий. 러시아인 혹은 러시아어.

를 이리 보내다니. 그런 멍청한 이유가 어디 있겠냐. 조선
인들이 얼마나 소련에 이바지를 했는데. 왜놈들이랑 우리
를 엮어? 말도 안 되지. 연해주로 곧 돌아갈 거야. 돌아가
면 네 학교며 그 공연인지 뭔지 하는 것도 하게 해주마.
내 죽기 전에 반드시… (잇지 못하는)

사이.

이율리야　(이어서, 신나게, 할아버지 흉내) "조선 땅을 밟게 될 거다."

신응수는 말을 잇지 못한다.

이류보비　추워. 언니.

사이.

신응수　가서 불 땔 게 있나 좀 찾아봐야겠다. 당분간 여기 짐을
놓고 지내야 할 것 같으니.
이율리야　할아버지. 빨리 와야 돼요.
신응수　너도 이 근처를 좀 찾아봐. 춤 그만 추고.

신응수가 나간다.

사이.

율리야가 류보비를 안고 신로자에게 간다.

이율리야   엄마.

신로자가 류보비를 안는다.

이율리야   소련말이든 조선말이든 좀 해 봐.
나 재미있는 이야기 해주면 안 돼? 엄마 어릴 때 얘기.
아니면 아빠한테 온 편지 얘기. 편지 없어? (사이)
두고 왔어?

신로자가 꿰매던 옷으로 류보비를 감싼다.

이율리야   엄마.

사이.
바람 소리.

이율리야   여기, 어디야?

사이.

멀리서 총 소리가 짧게 한 발.
탕.

세 사람, 소리 난 쪽을 바라본다.

1-3. 숙소 겸 연구실 로비

꽤 늦은 시간.
로비와 이어진 식당에서는 조촐한 파티가 이어지고 있다.
시끌벅적한 웃음소리들.

로비 소파에 기대듯 누워 와인을 마시고 있는 남소영.
이어폰을 꽂고 음악을 들으며.

그때,
탕.
굉음이 들린다.

남소영, 놀라서 이어폰을 뺀다.

사이.

남소영, 다시 이어폰을 꽂는다.
전화가 온 듯.

남소영   (영어) 네, 엄마. 잘 도착했어요. (사이) 카자흐스탄. 큰 도시는 아니고. (사이) 아뇨. 숙소는 발굴지랑 30분 정도 떨어진 곳에 있어요. 그래도 뭐, 이쪽도 별거 없는 건 마찬가지. (사이) 네. 거긴 아무것도 없어요. 정말 아무것도. 음… 캐나다로 치면, 글쎄요. 옐로나이프? 근데 여긴 나무도 별로 없고. 눈도 없고. (웃는) 네. 정말 무덤뿐이에요.

사이.

남소영이 마이크를 가리고 하품을 한다.

남소영   (영어) 아니에요. 말씀하세요. 괜찮아요. (사이) 네. …네. 네. (사이) 놀랍네요. 입양기관에 연락처는 언제 남기셨어요. (사이) 그래서 정말 그 사람이 내 친엄마라구요?

화장실에 갔던 류정주가 로비로 들어온다.

남소영   (영어) 네. 좋아요. (생각하다가) 어, 아뇨. 아뇨. 제 연락처는… 그게 아니라. 해외니까. 아. 네. 물론 엄마도 해외죠. 그런데 어… 일단… (류정주와 눈이 마주친다) 어, 엄마. 저 지금 사람들이 찾아서요. 나중에 전화할게요. 네.

전화를 끊는다.

류정주   어……. 그. 술. 더 드실래요?
남소영   핑계를 찾던 참이라. 죄송해요.
류정주   (살짝 웃고) 이해해요. 저도 나와 있으면 자주 그래요.

류정주가 소파에 앉는다. 허리를 붙잡고, 조금 힘들게.

남소영   어디 안 좋나 봐요.
류정주   아. 그게. 네, 허리가 좀. 오늘 좀 무리했나 봐요.
        사람들 진짜 체력 좋죠.
남소영   네. 김교수님이야 알고 있었지만, 두 분도 만만치 않네요.

디나 팀장이랑 미하일씨도. 전 못 따라가겠어요.
드실래요?

남소영이 안주로 집어 먹던 치즈를 건넨다.
류정주가 인상을 찌푸리며 피한다.

남소영   어…….
류정주   아……. 죄송해요. 치즈 냄새가 좀.
남소영   역한가. 난 계속 집어먹었는데.
류정주   아뇨. 그게 아니라. 속이 좀 안 좋아서요.
남소영   농담인데. (사이) 속이 많이 안 좋나 봐요. 아까도 술 다
         버리던데.
류정주   …보셨구나.
남소영   아뇨. 뭐라고 하는 게 아니라. 분위기가 좀 그랬잖아요.
         그냥 안 먹겠다고 하시지.
류정주   제 캐릭터가 좀 그래서.
남소영   ?
류정주   제가 평소에 술을 워낙 좋아해서요. 사람들이 안 믿어요.
남소영   아…….

류정주가 남소영의 눈치를 본다.

남소영   근데 아까 탕. 하는 소리 못 들으셨어요? 밖에서.
류정주   못 들었는데. 언제요?
남소영   잘못 들었나. ……. 오는 길에 묘비가 많아서. 괜한 상상
         력이.

194

류정주	아, 숙소 오던 길이요? 거기 관광지예요.
남소영	그 벌판에 있던 묘비들이요? 아무것도 없던데.
류정주	고려인 1세들 묘비요. 한국 사람들 관광 오면 다 거기로 가요. (남소영의 와인잔을 들어 냄새를 맡는다) 여기 워낙 볼 게 없잖아요.
남소영	(류정주를 보는)
류정주	(잔을 내려놓는다) 앗. 죄송해요. 버릇처럼…….
남소영	(어색하게 웃는)
류정주	…….

사이.

류정주	눈치채신 거죠?
남소영	……?
류정주	임신한 거.
남소영	아……. 그랬구나.
류정주	(헉 하는) 눈치채신 거 아니었어요?
남소영	죄송해요. 제가 그런 쪽에 좀. 원래 남한테 주의 깊은 성격이 아니에요.
류정주	전… 아까 술 버리는 것도 보셨다길래…….
남소영	아. 그건. ……제가 사 온 거였으니까.
류정주	…….
남소영	…….
류정주	죄송해요.
남소영	근데 현장 발굴이 임산부가 하기에 썩 적당한 노동은 아닌데.

류정주   ······죄송합니다.

남소영   아니, 죄송할 건 없고. 팀장님은 아세요?

류정주   아직 아무도 몰라요. 한국 가서 말씀드리려고······.

남소영   한국을 언제 갈 줄 알고. 최소 삼 주인데?

류정주   ······죄송합니다.

남소영   아니, 나한테 죄송할 게 없다니까.

디나와 남미하일이 술을 들고 온다.

디나 사가토바   (러시아어) 두 사람, 여기서 뭐 해요?

류정주   (러시아어) 그냥 쉬고 있었어요. 아, 앉으세요.

디나와 남미하일이 옆에 앉는다.

디나 사가토바   (러시아어) 이훈씨가 울어요.

류정주   네? (러시아어) 아. 설마 또 신세 한탄 하는 거예요?

디나 사가토바   (러시아어, 웃으며) 한국어라 무슨 말인지는. 근데 김박
           사가 능숙하게 받아주더라구요.

류정주   (러시아어, 절레절레) 헛소리예요.

디나 사가토바   (러시아어) 남박사님은 닭볶음탕이 입에 안 맞아요?

류정주   (남소영에게) 닭볶음탕이 입에 안 맞냐고 물으세요.

남소영   아. 원래 한식을 별로 안 좋아해서.

류정주   (러시아어) 한국 음식을 별로 안 좋아하신대요.

디나 사가토바   (러시아어) 신기하네. 한국 사람들은 다 한식 예찬론자
           인줄 알았는데.

류정주   한국 사람인데 한식 안 좋아하는 게 신기하시대요.

남소영　　편견이에요.

류정주　　(약간 난처해 하며, 러시아어) 다들 그런 건 아니라고.

디나 사가토바　　(러시아어) 죄송해요. 한박사님이 워낙 한식을 좋아했거
든요. 저랑 미하일한테 한식의 매력에 푹 빠지게 해줬죠.
아. 미하일은 제외. 미하일은 원래 한식 좋아하니까.

남미하일　　(러시아어) 푹 빠지게 하신 건 맞죠. 제가 먹던 한식이랑은
좀 달라서.

남소영이 와인을 따라 마신다.

류정주　　아, 한박사님이 한식을 좋아하셨다고. 미하일은 원래 한식
을 좋아했는데 한박사님 덕에 더 푹 빠졌대요.

남소영　　됐어요. 귀찮을 텐데. 일일이 통역 안 해줘도 돼요.

류정주　　아닙니다. 이것도 제 업무예요.

남소영　　일할 땐 물론. 근데 이런 시시콜콜한 얘긴 필요 없어요.

류정주　　……. 네.

남소영　　(조금 불편한 기색) 미안하네. 내가 러시아어를 못 하는 바
람에. 괜한 잡일이 하나 더 늘었네요.

류정주　　괜찮습니다.

남미하일이 남소영을 한 번 본다.

디나 사가토바　　(러시아어) 남박사님은 한박사님과 어떻게 아시나요?

류정주　　…한박사님이랑 어떻게 아시냐고 물어보십니다.

남소영　　김교수님 통해 얘기만 들었다고 전해주세요. 뵌 적은 없
다고.

류정주 (러시아어) 김준만 교수님 통해 말씀만 들었다고 하시네요.

디나 사가토바 (러시아어) 그렇군요. 전 한박사님을 안지 올해로 10년
이에요. 전 그분을 무척 존경해요. 일적으로는 물론이고
인간적으로도.

류정주 한박사님을 10년째 알았고, 그분을 인간적으로도 무척 존
경하신다고 하십니다.

디나 사가토바 (러시아어) 아주 단단하면서 불안정하거든요. 그런 사람
들은 주변의 흔들리는 존재들을 사랑할 줄 알아요.

류정주 어…… 단단하고 불안정하고. 흔들리는 걸 사랑한다
고…….

남소영 ……?

디나 사가토바 (러시아어) 그분이 이 프로젝트를 끝내 함께할 수 없게
돼서. 그게 참 슬퍼요. 한박사님은 이 프로젝트에 애정이
컸어요. 카자흐스탄 땅의 의미에 대해서도 중요하게 생각
했구요. 신라와 이어진 초원길, 뭐 그런 것도 당연히 있겠
지만. 다른 것보다 평소 고려인들에 대한 관심이 많으셨
거든요. 한박사님이 남박사님을 봤다면, 아마 남박사님을
무척 마음에 들어 하셨을 거예요. (웃는) 아. 마지막 말은
통역하지 말아 주세요.

류정주 한박사님이 프로젝트를 함께 못하고 돌아가시게 돼서 슬
프다고 하시네요. 프로젝트를 무척 소중하게 생각하셨대
요. 카자흐스탄 땅을 중요하게 생각했다고. 평소 고려인
에 대한 관심이 많으셨대요.

남소영 글쎄. 고려인이랑 신라 유물이 무슨 연관인지는 잘 모르
겠지만.

사이.

디나 사가토바 (영어) 남박사님은 왜 고고학을 해요?

남소영 … (영어) 눈에 보이니까요. 손에 쥘 수 있고. 그런 걸 믿거든요, 전.

사이.
어디선가 으아아- 하는 작은 비명소리 같은 것이 들린다.

류정주 방, 방금 무슨 소리 들리지 않았어요?

디나 사가토바 (러시아어) 무슨 소리지?

김준만이 들어온다.

김준만 그, 저, 석이훈이 뛰쳐나갔는데 말이야.

류정주 네?

김준만 몰라. 난 아무 짓도 안 했어. 잘 달래고 있었다고.

남소영 금방 다시 들어오겠죠.

디나 사가토바 (러시아어) 뭐라고 하는 거야?

김준만 핸드폰도 안 들고 갔어.

남미하일 (러시아어) 석이훈씨가 뛰쳐나갔대요. 맨몸으로.

류정주 걔 술 많이 취했죠?

디나 사가토바 (러시아어) 저런.

김준만 뛰쳐나가는 모습이, 뭐랄까.
다리에게 조종당하는… 빨간 구두 아가씨 같달까.

디나 사가토바 (러시아어) 이 근방에 이 시간이면 가로등도 다 꺼져서.

길 잃기 딱 좋아요. 찾으러 가봐야 할 것 같은데?

류정주 읔. 걔 그 정도면 누가 멈춰주기 전까진 안 멈춰요. 폭주, 폭주.

류정주가 허둥지둥 나간다.

디나 사가토바 (러시아어, 남미하일에게) 넌 여기 있어. 돌아올지도 모르니까.

디나가 따라 나간다. 김준만도 따라 나간다.

사이.

남소영과 남미하일이 멀뚱멀뚱.

남미하일이 어질러진 술잔과 접시를 치우려고 한다.

남소영 어… (영어) 그냥 둬요. 내가 치울 테니까.
남미하일 (보는)
남소영 (영어) 내가 먹은 거니까 내가 치울게요.

남미하일이 그래도 치운다.

남소영 ……. 기본 영어도 안 되나.

남소영이 이어폰을 귀에 꽂고, 거든다.

남미하일　여기, 뭘 찾으러 온 거예요?

사이.
남소영이 이어폰을 뺀다.

남소영　지금 뭐라고 했어요?

남미하일이 식당으로 간다.

남소영　지금 뭐라고 하지 않았어요?

사라진다.
남소영, 혼자 남는다.

으아아아- 하는 비명소리가 조금씩 가까워진다.

1-4. 어느 벌판

율리야가 혼자서 꺼진 불을 다시 피우고 있다.
언덕 밑에는 제법 깊게 파진 땅굴과, 집의 입구.
입구에 옷으로 만든 깃발이 최대한 높이 걸려 있다.

율리야가 어떤 사람 소리(어렴풋이, 석이훈의 그것과 비슷한)를 듣고, 몸을
일으켜 주변을 살핀다.

이율리야   누구 있어요?

           사이.

이율리야   (러시아어) 누구 있어요?

           그때, 어디에선가 신강산이 나타난다.
           다리를 절고, 총을 들고 있다.

           율리야가 놀라서 뒤로 물러선다. 엉덩방아를 찧는다.
           신강산은 총을 겨눈 채 다가온다.

이율리야   (러시아어) 누구세요? 전 아무것도 몰라요.
신강산   어디 사람이냐.
이율리야   조… 조선 사람이에요!
신강산   조선인이라고?

           신강산이 부근을 이리저리 살핀다.
           경계를 푼다.

신강산   너 혼자냐?
이율리야   …지금은요.
신강산   누가 함께 있지?
이율리야   엄마랑… 할아버지랑 류보비요. (사이) 류보비는 동생이에
           요.

신강산이 율리야가 말하는 동안
불 앞에 힘겹게 퍼져 앉는다.

신강산   먹을 것 좀 있니.

이율리야 ……. 밀가루 빵이 조금 있어요.

신강산이 손을 내밀고, 율리야가 빵을 조금 꺼내 내민다.
신강산이 허겁지겁 먹는다.

이율리야 우리 엄마가 아침에 만든 거예요. 빵은 너무 크니까, 밀가
루를 챙겨왔거든요. 우리 엄마는요, 식당을 했거든요. 안
파는 게 없었어요. 엄마는 뭐든 잘 만들거든요. 피로그랑
샤슬릭이랑…… (보다가)

신강산   (계속 먹는)

이율리야 엄마랑 류보비는 씻으러 갔어요. 근처에 작은 개울 같은
걸 찾았어요. 근처래 봤자 걸어서 한 시간은 가야 하지
만……. 가서 마실 물도 떠올 수 있어요. 물이 꽤 깨끗하
거든요. (잠시 신강산을 구경하다가)
할아버지는 음식을 구하러 갔어요. 반대쪽으로 가면 사과
나무가 있대요. 너무 멀어서 거기까진 저도 못 가봤어요.
사냥을 하면 좋은데. 할아버지 총은 더 위험한 상황에 써
야 된대요.

신강산   총? 할아버지가 총이 있어?

이율리야 (눈치 보며) 네. 할아버진 군인이었대요. 조선에서…….

신강산   뭐, 한 50년 전 얘기겠군.

이율리야 아저씨도 군인이에요?

신강산   어. 마실 건?

율리야가 물을 갖다 준다.

이율리야   근데 왜 아저씨 총엔 일본놈 표시가 되어있어요?

신강산이 총을 들고 온 큰 가방에 넣는다.

신강산   너. 일본에 가봤니.
이율리야   (고개 젓는)
신강산   (보다가) 조선엔?
이율리야   (고개 젓는) 그래도 일본놈 표시는 알아요. 할아버지가 어
          릴 때 가르쳐줬어요.
신강산   (웃는) 소련에만 산 소련 아이도 일본은 일본놈이라고 부
          르는구나.
이율리야   저 조선 사람이거든요? 그럼 아저씬 일본 사람이에요?
신강산   글쎄.

신강산이 물을 마신다.
물을 마시다가 다리를 아파하는.

이율리야   다쳤어요?
신강산   오래전에.
이율리야   그런데 왜 병원에 안 갔어요?
신강산   너. (다가가며) 내가 안 무섭니.
이율리야   전 여기 올 때 엄청 무섭게 생긴 군인 아저씨 많이 봤어

요. 근데 하나도 겁 안 났어요.

신강산 　(호탕하게 웃는) 배포가 마음에 드네.

이율리야 　우리 오빠랑 닮았어요.

신강산 　나랑?

이율리야 　네. 와곤에서 죽은 오빠랑요. 이름이 아나톨리예요. 이, 아나톨리.

신강산 　와곤. 나도 그렇게 불리는 것에 실려 왔다.

이율리야 　혼자서요?

신강산 　그래.

이율리야 　가족은요? (사이) 다 죽었어요?

신강산 　조선에 있다.

이율리야 　조선 사람이구나!

사이.

신강산 　가봐야겠다. 빵이랑 물, 고마워.

이율리야 　어디로요?

신강산 　글쎄. 며칠 정신을 잃었던 것 같은데. 일단 여기가 어딘지 찾아봐야겠지. 근처를 둘러보면……

신강산이 몸을 일으키다가 아픈 다리 때문에 주저앉는다.

이율리야 　아무것도 없는데.

사이.

이율리야	우리 가족은 여기서 훨씬 떨어진 곳에 내려졌는데, 여기까지 걸어오는 동안 아무도 만나질 못했어요. 집도 없고, 먹을 것도 없었어요.
신강산	······제기랄. 도대체 내가 왜 여기 와있는 건지.

율리야가 웃으며 신강산을 본다.

신강산	왜 웃지?
이율리야	아저씬 이름이 뭐예요?
신강산	······. 넌 뭔데.
이율리야	이율리야요. 율리야.
신강산	여기 사람들 이름은 다 그 모양이니?
이율리야	왜요. 난 예쁘기만 한데. 우리 아빠가 지어준 이름이에요.
신강산	···아빠는 어디 있는데.
이율리야	아빠는 사할린요. 오래 전에 일하러 갔어요. 거기서 돈을 엄청 많이 번대요.
신강산	사할린? 거기 일하러 갔던 조선 사람들, 다 여기 실려 왔을 텐데.
이율리야	아빠가 여기 있다고요?
신강산	살아있다면.
이율리야	아빠 안 죽었어요!
신강산	나와 같은 칸에 탔던 남자들이 거기서 실려 왔다고 했다. 아마 맞을 거야. 남김없이 실려 왔다고 했어. (사이) 아빠를 만날 수도 있겠구나.
이율리야	(미묘한 표정)
신강산	좋아하질 않네.

이율리야	몰라요. 난 아빠 본 지 오래됐어요. 그리고…… 아빠가 오는 게 좋은 건지 모르겠어요.
신강산	?
이율리야	우리 엄마한테요.

멀리서 류보비의 목소리가 들려온다.

이율리야	(벌떡 일어나며) 가야 돼요.
신강산	어딜.
이율리야	할아버지가 보면 큰일 나요. 빨리.

율리야가 신강산을 부축해 일으킨다.

신강산	아니, 뭐가 큰일 난단 거야.
이율리야	아이참, 일본놈 표시요.
신강산	……. 내가 혼자 갈 수 있어.

율리야가 신강산에게서 떨어지자, 신강산이 넘어진다.
율리야가 가만히 신강산을 본다.
신강산이 잠시 고민하다가,

신강산	……좋아. 그럼 도움 받은 김에 조금만 더.

율리야가 신강산을 부축해서 데리고 사라진다.

잠시 후, 류보비가 달려 나온다.

이류보비   (러시아어) 숨바꼭질 하자! (한국어) 언니! (러시아어) 나 이
제 다 알아! (가위바위보 하는) 노쉬, 부마가, 깔로젯츠, 도
시, 아콘, 까민! (손이 마음처럼 되지 않는, 돌아보며) 엄마! 아
콘 이렇게지? 이렇게?

신로자가 물통을 들고 온다.
류보비에게 다가와 류보비의 손가락을 오므려준다.

이류보비   언니! 언니 안 내면 술래야. (러시아어) 맞지, 엄마?

신응수가 사과가 담긴 가방을 들고 온다.

신응수   사과라곤 죄 썩어 문드러져서. 그나마 이거다.

신응수가 휙 가방을 신로자에게 넘긴다.

신응수   율리야는 그새 또 어딜 간 거냐. 불 좀 지키고 있으라니
까. 하여튼 잠시도 가만히 있지를 못해. 지 애비를 닮았
나…….

신응수가 잠시 신로자를 바라본다.

신응수   사할린에 있다는 네 남편. 그놈한테 가는 게 나을 수도 있
겠어. 연락은 끊겼어도 주소는 알지 않니. 찾아가면 못 본
체하지는 않겠지. 사정이 있었을 수도 있고. 거기 가면 적
어도 그놈 사는 집은 있을 테니 말이다. …어떻게든 살아

208

야지. 남은 자식들 생각을 해서라도.

신로자가 신응수가 던진 가방을 휙 치운다.

신응수   너. 아직도 살기 싫다, 시위하는 거냐?

사이.
류보비가 숨바꼭질을 한다고 여기저기 숨는다.

신응수   그래, 그렇게 죽은 엄마, 아들 따라가고 싶으면 그렇게 해
라. 네 딸들 다 버려두고, 산 가족들 다 팽개치고. 그래.
그렇게 해.

이류보비   언니! 나 다 숨었다!

신응수   누굴 닮아 이렇게 약해빠졌는지. 넌 애미 될 자격도 없다!

이류보비   하나!

신응수   두고 온 것 생각할 시간에 당장 하나라도 더 챙길 생각을
해야지. 지 애미랑 똑같아.

이류보비   …둘!

신응수   내 말이 듣기 싫어 그러냐? 나한테 되도 않는 복수라도
하려고? 걱정 마라. 너희가 사할린에 간다고 해도, 난 이
몸으론 어차피……

이류보비   (셋이 생각나지 않는, 결국 러시아어) 셋……!

신응수   ……그래. 멋대로 굴어라. 이 허허벌판에서라도 네 딸들
은 살아남을 테니까. 내가 키운 애들이다. 너랑은 달라.

이류보비   (러시아어) 세엣!

신로자가 튀어 올라 숨어있는 류보비를 낚아챈다.

그리곤 반대쪽으로 간다.

이류보비　(러시아어) 아이참! 엄마! 나! 엄마가 찾으면 어떡해! 놔줘!

신응수　멀리 가지 마라. 곧 해가 질 테니.

신로자와 이류보비가 사라진다.

신응수가 기침을 한다. 땅을 판다.

다시 조금 심한 기침. 눈을 비비고 하늘을 본다.

앞이 잘 보이지 않는다.

신응수, 다시 눈을 여러 번 비빈다.

1-5. 발굴 현장

남소영과 류정주, 석이훈이 작업복 차림으로 발굴 작업을 하고 있다.

류정주가 석이훈을 툭툭 친다.

석이훈이 눈치를 본다.

석이훈　저…… 죄송합니다.

남소영이 고개를 들어 석이훈을 본다.

석이훈　분란 일으켜 죄송합니다. (사이) 제가 원래 술이 센 편인데
　　　　　그 날 보드카가 좀 안 맞아서……

남소영	이훈씨는 빨리 한국 가야겠네.
석이훈	…네?
남소영	음식도 안 맞아 술도 안 맞아. 나 일하다 초상 치르긴 싫어요.
석이훈	……죄송합니다.

사이.

류정주	(조금 힘겹게 몸 일으키며) 그나저나, 영 소득이 없네요. 슬슬 불안한데.
석이훈	으, 찐다, 쪄. 밥 시간 다 지나가네. 이럴 땐 아저씨들이 부럽다니까.
류정주	아저씨들 땅 팔 땐 음료수 마시면서 구경만 하더니. 언제 철들래? 박사까지 와서.
석이훈	아니, 선배. 거기서 박사가 왜 나와요.
류정주	좀 진지해지란 소리야. 일하러 와서 술을 그렇게 마시는 애가 어디 있냐? 내가 그래서 말렸어. 너 박사 한다고 할 때.
석이훈	술이야 분위기 띄우느라 마신 거죠. 저라도 분위기 안 띄우면 다들 제사 지내는 사람들 마냥. 당장 귀신이라도 나올 것 같은데 어떡해요?
류정주	뭐 엠티 왔어? 분위기를 뭐하러 띄워.
석이훈	선배야말로 덕분에 편하게 쉬었잖아요. 술도 잘 안 마시고. 어떻게 보면 이거, 선배 탓도 있어요. 선배가 술을 자꾸 빼니까 제가 분위기 안 망치려고 더 마신 거잖아요.
류정주	넌 하여튼…. 이것저것 다 신경 쓰면 언제 성과를 내니.

석이훈　네. 저도 이것저것 신경 쓰기 싫어요. 근데 하나만 신경 쓰다 그 하나도 못해내면요? 그땐 어떡해요. 여기다, 싫어서 누웠더니, 아? 재수 없게 진흙탕이었네? 그럼 뭐, 그냥 거기서 죽으라구요? 우왕좌왕마저 안 하고 있으면 불안해 죽겠는데. 날더러 어떡하라구요! 저라고 뭐 좋아서 이렇게 사는 줄 알아요?

류정주　…….

남소영　두 사람도 이제 가서 식사하지 그래요? 마무리는 내가 할 테니까.

석이훈이 먼저 나간다.

류정주　……. 죄송합니다.

류정주가 나간다.

남소영이 허리를 펴고, 두 사람이 나간 곳을 보며 한숨을 푹 쉰다.

남소영　(혼잣말) 뭐야, 정말. 유치원 봉사 온 것도 아니고. 쓸데없이.

남소영이 햇빛을 한 번 바라본다.

사이.

저 멀리서, 신강산이 다리를 절뚝이며 걸어온다.

남소영은 다시 앉아서 발굴 작업을 한다.

신강산이 자리에 앉는다.

율리야가 뒤이어 들어오고, 신강산에게 달려온다.

신강산에게 약을 건넨다.

신강산은 다리에 약을 바른다.

이율리야　영영 가버린 줄 알았어요.

신강산　정말 아무것도 없는지, 내 눈으로 확인하고 싶었을 뿐이
야.

이율리야　약은 그게 마지막이에요. 어제 류보비가 넘어져서 다치는
바람에 엄마가 약 주머니를 열어봤거든요. (궁시렁대는) 피
가 난 것도 아닌데. 뭐, 아마 눈치챘을 거예요.

신강산　그래서 뭐라고 하셨는데?

이율리야　(으쓱하고) 엄만 어차피 말 못 하니까.

신강산　아. (사이) 그거 다행이군.

이율리야　아저씬 우리 엄마 말 못 하는 게 다행이에요?

신강산　못하는 게 아니라, 안 하는 거라고 하지 않았나.

율리야가 잠깐 노려보다가 옆에 앉는다.

이율리야　몰라요, 나도 이젠.

신강산　엄마가 말을 안 해서 떠들 사람이 없겠구나.

이율리야　할아버지밖에 없어요. 류보비는 말은 하는데, 뭐라고 하는
지 잘 모르겠을 때가 많고.

신강산	할아버지랑 친한 모양이군.
이율리야	할아버지는 엄마 어릴 때 집에 없었대요. 독립운동을 했거든요. 내가 태어나고 나서 집에 왔어요. 엄마랑 할아버지는 하나도 안 친해요. 맨날 싸우기만 하고. 근데 나는 할아버지랑 친해요. 요즘 할아버지랑 엄마랑 안 싸우니까, 그건 좋아요.
신강산	할아버지가 안 무서워? 그런 할아버지는 왠지 무서울 것 같은데.
이율리야	쪼끔 무서울 때도 있는데요. 그래도 좋아요.
신강산	왜?
이율리야	음…… 나랑 놀아주니까?
신강산	엄마가 할아버지를 좋아하면 좋겠니?
이율리야	네. 근데 어쩔 수 없어요. 할아버지가 엄마는 안 놀아주거든요.

신강산이 웃는다.

신강산	어쨌든 덕분에 난 거의 나은 것 같다.
이율리야	근데요. 진짜로 총에 맞은 거예요?
신강산	?
이율리야	그거요. 총에 맞아서 그런 거 아니에요?
신강산	아마도.
이율리야	진짜 총에 맞아봤어요? 누구한테요?
신강산	몰라. 적이었는지, 동료였는지, 것도 아니면 내 총알이었는지.
이율리야	전쟁에 나갔어요?

신강산	그래. 전쟁 비슷한 거.
이율리야	누구랑 싸웠어요?
신강산	소련.
이율리야	소련?! (입 틀어막고) 왜요? 큰일 나요. (사이) 소련 사람을 싫어해요?
신강산	몰라. 그딴 거. 쌀을 준대서 나왔을 뿐이야. (사이) 넌 왜 이렇게 질문이 많냐?
이율리야	어린이니까요.
신강산	(기가 찬)
이율리야	(돌멩이를 휘휘 굴리며) 아저씨도 어린이였던 적이 있을 거 아니에요.
신강산	그랬던가.
이율리야	그때도 이렇게 무서운 표정만 짓고 있었어요? (입을 쭉 찢어 웃는 얼굴)
신강산	(작게 웃고) 웃었다. 그땐. 웃었던 것 같아.
이율리야	(돌멩이 던지며) 어린이는 웃으며 자라야 한 대요. 나무처럼.
신강산	나무가 웃었던가.
이율리야	선생님이요. 그랬거든요. 사람은 나무 같은 거래요. 어린이일 때 웃으면서 잘 자라야 튼튼한 뿌리가 된대요. 그래야 무럭무럭 자랄 수 있는 거래요.
신강산	(생각해보는)
이율리야	한곳에 튼튼하게 박혀있어야 된대요.
신강산	글쎄. 난 잘 모르겠다. (사이) 어릴 땐 나도 웃었다니까. (억지로 웃는 시늉)

율리야가 웃는다.

남소영의 핸드폰에 전화가 걸려온다.
남소영이 전화를 받는다.

남소영 (영어) 엄마? (사이) 아, 아빠. 무슨 일이에요? (사이) 엄마,
결과가 많이 안 좋아요? (표정 어두운) 네. 네. 어…… 3주
정도요. 네. (사이) 끝나면 바로 캐나다로 갈 거예요. (사이)
네? 무슨 말씀이세요. 엄마가 왜 저를 못 오게 해요? (사
이) 친엄마를 보고 오라뇨. 그게 지금 엄마 아픈 거랑 무슨
상관…… 그건 그냥…… (한숨) 그냥 하시는 말씀이겠죠.
몇 년을 캐나다 들어오라고 닦달하셨는데. (사이) 네. 지금
은 좀. 발굴 시작한 지도 얼마 안 됐고……

남소영이 땅에서 무언가를 발견한다.

신강산 공기놀이할 줄 아니?
이율리야 공기놀이?
신강산 나 어릴 때 하던 건데. 조선에선 공기놀이 모르는 애들 없
다.

신강산이 돌멩이로 율리야에게 공기놀이를 가르쳐준다.

남소영 (시선은 땅에 고정, 영어) 3주 뒤에도 오지 말라고 하시는 분
인데, 지금 가면 좋아하시겠어요? 아뇨. 물론 저한텐 엄마
건강이 훨씬 중요하죠. (아예 핸드폰을 어깨에 올리고 땅을 파

는) 그치만 제가 지금 간다고 달라지는 것도 없잖아요. 그게 사실이에요.

이율리야　이렇게요?

신강산　아니, 던진 걸 잡아야지. 이렇게.

남소영　(영어) 아빠, 제가 지금 좀 급해서……. (스피커 막으며, 한국어) 정주씨! 교수님!

이율리야　됐다! 됐죠?

신강산　응. 맞아. 잘하네.

이율리야　이 다음에……

남소영　(영어) 네? 아니라니까요. 듣고 있어요. (멀리에 대고 손을 흔들어본다) 아빠. 저 일하는 중이잖아요. 근무 시간이에요.

신강산　어머니께 배웠다. 너만 할 때.

이율리야　그럼 그건 조선 돌이었겠네요?

신강산　(웃는) 그랬겠지. (사이) 이건 어디 돌일까.

율리야가 가만히 생각한다.

남소영　(영어) 저한테 아주 중요한 일이에요.

이율리야　조선에서 온 돌일 수도 있어요.

남소영   아마도요.

이율리야   어쩌면.

남소영이 전화를 끊는다.

이율리야   아주 먼 옛날.

땅에서 모습을 드러내는, 유골.
누군가의 머리다.

2막

2-1. 숙소 겸 연구실 로비

남소영의 꿈.

남소영이 소파에 누워 자고 있다.
남소영이 꽂은 이어폰 너머로 들려오는 작은 음악 소리.

어디선가 바람 소리가 들려온다.
남소영이 추운지, 몸을 웅크린다.

연구실 통로로 누군가가 모습을 드러낸다.
황금 옷을 입은 왕족. 어딘가 기괴하다.

남소영이 점점 추운지, 잠에서 깬다.
그리고 왕족을 본다.

남소영   …….

남소영이 뒷걸음질 친다.

남소영   누구세요.

왕족이 남소영에게 천천히 다가간다.

남소영	뭐예요. 여기 어떻게 오셨어요. 근데 옷이 그게 무슨……
	(두리번) 여기요! 교수님! 누구 없어요?

사이.

남소영	잠깐만. 이거 혹시 꿈?

남소영이 바람이 들어오던 창문을 닫는다.
그리곤 왕족에게 성큼성큼 다가간다.

남소영	당신. 내가 찾은 유골 주인. 맞죠.

왕족의 두상을 관찰한다.

남소영	그, 왕관 좀 벗어보면 안 돼요? 두상 좀 보게. (자세히 보다
	가) 어. 이거 왕관, 신라 금관 맞는데. 어어어. 맞네! 순록
	뿔이랑……!

왕족이 멀어진다.

남소영	아니, 잠깐만요. (핸드폰 찾는) 이거 찍어놔야 되는데. 내가
	찾은 게 맞는데.

왕족이 사라진다.
남소영이 핸드폰 카메라를 켠다.

| 남소영 | 어? 어디 갔어. 이봐요. 이봐요! |

암전.

2-2. 숙소 겸 연구실 로비

김준만이 초조한지 계속 돌아다니고 있다.
남미하일은 화분을 돌보고 있다.
남소영은 소파에 기대앉아 와인을 마시고 있다.

김준만이 방구를 뀐다.

김준만	어…. 쏘리. 너무 긴장을 했나.
남소영	(웃으며) 앉아 계세요. 그런다고 결과가 빨리 나오는 것도 아니고.
김준만	남박사는 어떻게 그렇게 차분해? 냉정한 거야 알고는 있었지만. 본인이 캐낸 거잖아. (트림하는) 어우, 난 아침에 먹은 밥이 아직도 소화가 안 되네.
남소영	(후후 웃는)
김준만	어, 여유. 이거, 확신인데? 발굴에 변수가 얼마나 많은지 몰라?
남소영	알죠. 뭐, 확신까진 아니지만 그래도 예감이 좋아요.
김준만	끝까지 모르는 거야. 신라 사람이면 이거야말로 대박이겠지만.

남소영이 눈길도 주지 않는 남미하일을 힐끔 본다.

남소영   저, 꿈을 꿨는데요, 교수님.

김준만   꿈?

남소영   네. 꿈에, 저 유골 주인을 만난 거 같아요.

김준만   엥?

남소영   좀 어이없는데. 신라 왕족이 꿈에 나왔거든요.

김준만   그거 그냥 너무 오래 생각해서 그런 거 아니야? (웃는다) 남박사가 그런 걸 믿는 줄은 몰랐네.

남소영   근데 그런 거 치곤 너무 선명해서요. 얼굴도 다 기억나요. 냄새까지. 그 유골, 여자 거였잖아요. 여자였어요. 꿈에서 본 그것도.

김준만   어떻게 생겼는데?

남소영   눈썹 옆에 큰 점이 있었어요. 어… 인중이 길고, 입술이 얇고. 딱 신라 사람처럼 생겼는데.

김준만   눈썹 옆에 점?

남소영   (가리키며) 이쪽에요. 왼쪽에. 새끼손톱만 한. 전체적으로 약간 통통하고… 키는 저보다 조금 작았어요.

김준만   (웃는다)

남소영   머리숱이 좀 적은 것 같았고… 나이는 50에서 60대 정도…… 그러니까…… (사이) 왜 웃으세요.

김준만   아, 미안, 미안. 그게. (웃다가) 남박사 말 들으니까 딱 생각나는 사람이 있어서.

남소영   ?

김준만   딱 그렇게 생긴 사람이 있었거덩? 인중 길고, 입술 얇고. 눈썹 옆에 손톱만 한 점.

남소영	그러니까 누구요.
김준만	한박사. 죽은 한박사님이 딱 그렇게 생겼어. (웃는) 한박사님이 남박사 꿈에 찾아온 거 아냐?
남소영	……. 전 그분 얼굴, 사진으로도 본 적 없는데요.
김준만	그러니까. 그러니까 진짜 만난 거지. 꿈에서.

김준만이 계속 웃는다.
남소영의 표정이 좋지 않다.
남미하일이 순간 풉, 하고 웃는다.

남소영이 남미하일을 본다.
남미하일이 헛기침을 하고, 다시 화분을 만진다.

남소영	(혼잣말) 뭐가 웃기단 거야.
김준만	근데 석이훈 이 자식은 또 어디로 간 거야? 아까부터 안 보이네.
남미하일	(러시아어) 아, 화장실이요. 배탈 난 것 같던데.
김준만	정주가 알면 또 난리 나겠구만. (사이) 그러고 보니 둘이 성이 같네? 남소영, 남미하일. 남박사는 어디 남씨야?
남소영	(대충) 남원 남씨요.
김준만	미하일씨는?
남미하일	(러시아어) 글쎄요. 잘 모르겠어요.
김준만	공통점이 또 있네! 둘 다 모국어가 두 개 아니야. 그렇지?

남미하일이 남소영을 힐끔 본다.

그때, 디나가 나온다.

남소영 어떻게 됐어요? (한국어임을 깨닫고) 아.

김준만 (러시아어) 어떻게 됐어요?

디나 사가토바 (웃으며, 러시아어) 아직이요. (사이, 김준만에게) 류정주씨가 몸이 좋지 않은 것 같아요. 좀 쉬어야 할 것 같아요.

김준만 (러시아어) 생각보다 오래 걸리네. (류정주는) 많이 안 좋아요?

디나 사가토바 (러시아어) 조금. 방에 가서 쉬게 해야 할 것 같아요. (사이) 근데 왜 다들 여기서 이러고 있죠? 현장은요?

김준만 가야지. 가야지. 자자, 다들 가자구⋯⋯.

디나 사가토바 (러시아어) 발굴 완료까지 아직 한참입니다─

남소영 (김준만에게) 뭐래요?

김준만 가서 일이나 하라신다─

남소영 아니, 결과요.

김준만 아직이래. 정주가 좀 쉬어야 할 것 같다고.

남소영 (디나에게, 영어) 왜 아직 결과가 안 나왔죠? 분석은 어젯밤에 들어갔잖아요.

사이.

디나 사가토바 (웃으며, 영어) 왜 그렇게 서둘러요?

남소영 (영어) 뭐가 문제죠? 눈에 다 보이는 걸 두고.

디나 사가토바 (영어) 확신에 찬 줄 알았는데.

남소영 (영어) 네. 그래서요. 다음 단계라는 게 있으니까.

디나 사가토바 (영어) 류정주씨가 몸이 좋지 않아요. 쉬어야 해요.

남소영	(영어) 보조라면 저도 할 수 있습니다.
디나 사가토바	(웃으면서 가만히 보는, 러시아어) 엉뚱한 대답 하는 걸
	즐기는군요.
남소영	뭐라구요?

디나 사가토바가 나간다.

남소영	이봐요.
김준만	(붙잡으며) 자자, 얼른 일하러 가자고.
남소영	다들 왜 그래요? 사람 면전에 대고 정말.

김준만이 남소영을 이끌고 가려고 한다.

그때, 석이훈이 온다.

석이훈	(배를 부여잡고) 으으.
김준만	빨리도 나타난다.
석이훈	어떻게 됐어요?
김준만	네 장은 어떤데?
석이훈	죄송해요. 아씨, 여기 물이 나랑 안 맞나.

남소영이 혼자 가려는데,

석이훈	아, 맞다. 남박사님, 전화 왔어요.
남소영	?
김준만	연구실 번호로?

석이훈 네. 급한 것 같던데요. 엄마라던데.

남소영이 놀라서 핸드폰을 열어보면, 아무것도 없는 부재중 전화.
갸웃한다.

석이훈 근데 남박사님 어머니, 캐나다 분이라고 안 했어요? 전화
하신 분은 한국인 같던데. (갸웃) 아버지만 캐나다 분이라
고 했나…. 술 취해서 잘 기억이……

남소영 (떠오른 듯) 아.

모두 남소영을 본다.

남소영 그거 우리 엄마 아니에요.

석이훈 ? 아니, 남소영 박사님이라고까지 했는데…….

남소영 장난전화예요. 종종 와요.

석이훈 어떤 사람이 장난 전화를 카자흐스탄까지……

남소영 전 먼저 현장으로 가겠습니다. 따라들 오세요.

남소영이 나간다.

석이훈 …? 뭐예요? 저만 이상해요?

김준만 어. 너만 이상해. 바지에 휴지 꼈어.

김준만이 나간다.
남미하일도 나간다.

석이훈이 놀라서 엉덩이를 확인해본다. 없다.

석이훈 아으, 전화 안 끊고 나왔는데. (김준만에게) 금방 따라가겠
습니다! (사이) 윽. 너도 안 끊겼냐.

석이훈이 배를 움켜쥐고, 후다닥 들어온 쪽으로 나간다.

2-3. 어느 벌판

신로자는 음식을 하고 있다.
율리야가 춤을 추고 있고, 옆에서 류보비가 율리야를 따라하고 있다.

이율리야 (노래) 아아아 내 고향 살기도 좋아라
꽃이 피는 봄이 오면 우리네 가슴에도 진달래 피네

사이.

이율리야 재미없다. 율동도 다 짰는데. 시시해.
이류보비 시시해!
이율리야 (다른 노래) 사공의 뱃노래 가물거리면
삼학도 파도 깊이 스며드는데

처음 듣는 노래에 신로자가 율리야를 본다.
류보비가 좋아서 방방 뛴다.

이류보비 언니! 재밌다! 또 해줘!

이율리야 (신로자 눈치 보고) 됐어. 그냥 어디서 주워들은 거야.

신로자, 계속해보라는 시늉.

율리야가 신이 나서 계속 춤을 춘다.

이율리야 (노래) 부두의 새악시 아롱 젖은 옷자락

이별의 눈물이냐 목포의 설움

신응수가 어느새 나와 율리야를 바라보고 있다.

율리야가 신응수를 보고 화들짝 놀란다.

신응수는 몸이 편찮은 듯.

이율리야 할아버지. 언제 나왔어요?

신응수 무슨 노래냐?

이율리야 학, 학교에서 배웠어요. 소년단이요. 공연한다고 배웠어
요.

신응수 내 고향 노래를 내가 모를 리가 없는데.

이율리야 아 맞다. 목포. 목포가 그거였구나.

신응수 제목이 뭐냐.

이율리야 제목은 몰라요……. 물어볼까요?

신응수 누구한테?

이율리야 어…… (몹시 고민하다가) 어엄마한테?

신로자가 시선을 피한다.

류보비가 신로자에게 가서 안긴다.

이율리야　　근데 할아버지, 이제 안 아파요?

신응수가 힘겹게 앉는다.
눈이 잘 보이지 않는다.
눈을 비빈다.

이류보비　　(러시아어) 엄마. 배고파.

신로자가 류보비를 토닥인다.

신응수　　괜찮다. 쓸데없는 걱정 말고, 집을 좀 마무리해야 할 텐데.

이류보비　　(러시아어) 엄마. 심심해.

이율리야　　눈이 잘 안 보여요? (얼굴 들이미는)
신응수　　보여, 이놈아. (밀치는)

이류보비　　(엄마 얼굴 가지고 장난치는, 러시아어) 엄마. 왜 말을 안 해? 엄마. 엄마. 엄마. 근데 아나톨리 오빠는 어디 갔어? 할머니는 어디 갔어?

이율리야　　할아버지. 근데 우리 언제 돌아가요?
신응수　　얼마나 지났다고. 조금만 더 기다려.
이율리야　　얼마나 지났는지 모르겠단 말이에요.

신로자가 류보비를 내려놓고 등을 돌린다.

신응수가 한순간 휘청한다.

이율리야   할아버지! 괜찮아요?

이류보비   (러시아어) 엄마. 내가 엄마한테 말 가르쳐줘?

（한국어) 엄마. (러시아어) 엄마. 따라 해봐.

(한국어) 엄. 마.

이류보비   (러시아어) 나 할머니 보고 싶다.

신응수   됐으니까, 그거나 한 번 더 불러다오.

율리야가 잠시 신응수를 보다가

목을 가다듬는다. 노래를 시작한다.

류보비는 계속해서 신로자에게 말을 걸지만

신로자는 반응이 없다.

이율리야   (노래) 삼백한 원한 품은 노적봉 밑에

임 자취 완연하다 애달픈 정조―

유달산 바람도 영산강을 안으니

임 그려 우는 마음 목포의 노래―

류보비가 혼자서 다른 쪽으로 걸어간다.

사라진다.

신응수와 신로자, 율리야의 노래를 듣는 각기 다른 얼굴.

2-4. 발굴 현장

남미하일과 석이훈, 남소영이 발굴 작업을 하고 있다.

석이훈　나 참. 이해가 안 되네.

남미하일만 고개를 들어 석이훈을 본다.

석이훈　아니, 아무리 태풍으로 손상이 되어있기로서니, 지층을 보면 고작해야 1미터 정도 날아간 거잖아요. 근데 어떻게 이렇게까지 유물이 코빼기도 안 보이냐고. 하다못해, (남소영보며) 유골까지 떡하니 나온 마당에. 왕족이면 그것만 묻었을 리가 애초에 없고, 그렇지 않더라도 생활 쓰레기 정도는 나와야 정상인 건데.

남소영　(보지 않고) 그대로 기록하세요. 그게 우리 일이니까. 왜 카자흐스탄 쿠르간에서 신라 왕족의 유골 하나만 발견이 됐을까. 벌써 흥미롭네. (힐끗 보고) 뭐해요. 안 적고.

석이훈이 입을 삐죽이며 끄덕인다.
그리고 적는다. (혹은 시늉)

남소영　저쪽 팀은 가만히 있다가 횡재했네. 자기네 땅에서, 발굴 다 해주면 분석 딱 해서 발표는 또 거하게 할 거 아니에요. (웃는)

석이훈이 당황하며 남미하일 눈치를 보는데,

디나 사가토바가 들어온다.

결과지를 들고.

디나 사가토바   (러시아어) 빨리 가봐야 할 것 같아요.

남소영이 다가간다.

남소영   결과 나온 거예요? 이거 결과지 맞죠.

석이훈   빨리 가봐야 할 것 같다는데요?

남소영   역시! 맞죠? 맞는 거죠.

남미하일   (러시아어) 무슨 일이에요?

디나 사가토바   (러시아어) 정주씨가 쓰러져서 병원에 실려 갔어요. 김준만 박사가 급하게 따라갔는데.

석이훈   (몹시 놀라며, 러시아어) 쓰러져요?

남소영   뭐라는데요. 빨리 좀.

디나 사가토바   (러시아어) 생명에 지장이 있는 것 같진 않은데. 그게 좀…… 일단 음, 저랑 남소영 박사가 함께 가보는 게 좋겠어요.

석이훈   아니, 왜! (러시아어) 저도 같이 가요. 남소영 박사보단 내가 훨씬 나으니까. 저 사람은 언어도 안 되고…

디나 사가토바   (미하일에게, 카자흐어) 류정주씨, 아마 임신 중이었던 모양이야.

석이훈   (한국어) 뭐라구요?

디나 사가토바   (카자흐어) 비밀리에. 남박사만 알고 있었던 것 같은데……

남소영이 결과지를 디나의 손에서 빼앗아간다.

빠르게 읽는 남소영의 표정이 어두워진다.

그런 남소영을 보는 세 사람.

사이.

디나 사가토바　(러시아어) 혼자 가는 게 낫겠네.

석이훈　알고 있었어요? 남소영 박사님.

남소영　(결과지를 들며) 이게 무슨 소리예요?

디나 사가토바　(영어) 신라 왕족의 것도, 그 시대 유골도 아니에요. 아마 1930년대쯤 죽은 사람의 유골 같아요. 보신 대로 여성의 것이고, 이런저런 결과들을 조합해 봤을 때 저희 쪽 결론은… 37년에 강제이주 된 고려인(꼬레아)의 유골인 것 같습니다. 정확한 건 더 자세히 조사를 해봐야겠지만요. 그리 오래되지 않아서, 유가족을 찾을 수도 있을 것 같아요.

남소영　꼬레아? 지금 그, 고려인 말하는 거예요? 숙소 가는 길에 묻혀있다던? 그게 왜요? 그게… (영어) 그게 왜 거기서 발견되는데요? 그 유골이 100년도 안 된 거란 말이에요? 그럴 리가 없습니다. 저 온갖 유골 많이 봐왔어요. 37년이라니…… 제대로 조사한 거 맞아요?

석이훈이 뭐라고 말하려는데,

남미하일이 다가간다.

남미하일　적당히 좀 하세요.

디나가 한숨을 쉬고, 나간다.

남미하일　눈에 볼 수 있고 손에 쥘 수 있는 걸 믿는다면서요. 그럼
좀 믿으세요. 유골이 고려인이라고 쓰여 있는 그 종이.
그 유골을 직접 만졌던 당신 손.

남소영이 문득 자신의 손을 본다.

남미하일　……그걸 제일 못 믿겠죠?

남미하일이 나간다.
석이훈이 남소영을 본다.

석이훈　류선배 쓰러졌대요. 선배 임신한 거, 진짜 알고 계셨던 거
예요?

남소영이 석이훈을 본다.

석이훈　……. 가보겠습니다.

석이훈, 가려다가

석이훈　미하일씨, 고려인 3세래요. (사이) 안 궁금하신 것 같아서
말은 안 했는데. (사이) 결과지 좀 가져가도 될까요. 다른

팀원들 좀 보여줘야 될 거 같아서.

석이훈이 남소영의 굳은 손에서 결과지를 빼어 가지고 나간다.

남소영이 혼자 남는다.
긴 사이.

어디선가 들리는 목소리.
"…율리야!"

남소영이 놀라서 본다.
다시 또렷하게 들리는 남자의 목소리.
"율리야!"

남소영이 소리 나는 쪽으로 간다.

암전.

2-5. 어느 벌판

2-3에서 시간이 조금 흐른 뒤.

율리야가 동동거리며 서 있다.

신강산이 류보비를 안고 달려온다.

신로자가 놀라서 달려와 류보비를 안는다.

신강산 잠든 거예요. 걱정 마세요.

신로자가 류보비의 가슴에 귀를 대본다.
안도와 함께 주저앉는다.

이율리야 무슨 일이에요? 아저씨가 류보비를 왜……

신강산 멀리서 어린아이 목소리가 들리는 것 같아서 가봤더니 애
가 있었어. 길을 잃은 것 같은데, 네가 동생 얘기를 했던
게 기억이 나서. 혹시나 했는데.

신로자가 고개를 연신 꾸벅인다.

이율리야 정말 감사해요. 안 그래도 류보비가 없어지는 바람에 근
방을 다 돌아다니다가 왔는데…….

신강산 근데 애, 괜찮은 거야? 그 벌판에 혼자 우두커니 한참을
서 있었어. 울었던 흔적도 없던데. 말을 걸었더니 놀라지
도 않더라.

신응수 (다가오며) 아나톨리? 아나톨리냐?

신응수가 신강산 가까이에 다가간다.
신응수가 신강산의 얼굴과 등에 멘 총을 본다.

신응수 왜놈… 왜놈이다!

신응수가 우당탕 살림살이들을 헤집고 자신의 총을 들어 겨눈다.

이율리야   할아버지! 아니에요! 이 아저씨 착한 아저씨예요.

신응수   저리 비켜라! 왜놈 중에 착한 놈은 없어!

이율리야   왜놈 아니에요! 조선 사람이에요. 이름도 신강산이에요.
신, 강, 산. 그치요? 아저씨, 말해 봐요. 조선말도 잘하잖
아요.

신강산   …….

신응수   율리야! 넌 언제부터 이놈이랑 어울려 다닌 거냐! 할아버
지가 수백 번을 말했는데. 할아버지의 동료들, 가족들이
다 이놈 같은 일본 군인한테 죽었어! 어떻게 감히… 내 말
을 어기고 네가!

신강산   율리야는 잘못 없습니다. 제가 몸이 다쳐서, 율리야가 잠
시 보살펴준 것뿐이에요.

이율리야   거봐요, 할아버지! 조선말 진짜 잘하죠?

신응수   …율리야, 네가 저놈을 살려줬다는 거냐?

이율리야   할아버지.

신응수가 총을 더 가까이 댄다.

신응수   조선 사람이냐? 왜 일본 총을 가지고 있어!

신강산   ……. 일본 부대에 있었습니다.

신응수   친일하는 놈이구나! 그렇지!

신강산   조선인을 죽이는 일이 아니라기에 왔습니다. 소련과 싸우
기만 하면 된다고 했어요.

신응수   닥쳐라! 일본이 우리 조선에게 한 짓을 모를 리가 없다.

죽인 게 네 총이 아니었다고 안 죽인 건 아니다. 이런 매국노 새끼!

신강산 쌀 한 톨이 없어서 어린 딸이 죽어가고 있었습니다. 나라를 팔아먹고 내 자식 먹일 수 있다면…… 그래요. 내가 그랬습니다.

이율리야 목포의 설움! 할아버지.

그 노래요. 그 노래. 아저씨가 가르쳐준 거예요. 공기놀이도 가르쳐줬구요. 조선 음식들도 가르쳐줬어요. 나중에 조선 가면 꼭 먹어보기로 했어요.

강산 아저씨는 조선 사람 맞아요. 난 조선에도 가본 적 없는데 조선 사람이라고 했잖아요.

신응수가 잠시 신강산을 바라본다.

두 사람, 눈을 마주치는.

신응수 아니. 이미 저 자는 조선인이 아니다.

신응수가 힘겹게 총을 발사하려는데,

그때. 신로자가 달려와 신강산 앞을 막아선다.

신응수가 발사한 총알이 신강산을 한참 빗겨나간다.

탕.

신응수 너…!

이율리야 엄마!

신응수가 힘없이 주저앉는다.

류보비가 잠에서 깨어 엉엉 운다.

신로자가 류보비에게 간다.

율리야가 놀란 채 신강산에게 기어가는데,

신강산이 주저앉은 신응수의 머리를 향해 자신의 총을 겨눈다.

신강산 맞아요. 나는 조선인이 아닙니다. 하지만 일본인도 아니
구요. ……그럼 나는 …나는 도대체 누구입니까.

이율리야 …아저씨……!

신응수 몰랐다고… 사라지지 않는다. 몰라서 지은 죄도…… 네
죄다!

신강산 저는… 제 죄입니까?

이율리야 아저씨! 안 돼요. 우리 할아버지예요.

신강산 (총 더욱 가까이 겨누는) 당신은 죄가 없습니까?

신응수 나는 내 나라를 위해 싸웠다……!

신강산 누군가에게 총을 겨눈 걸 후회한 적이 없습니까.

신응수 (비웃듯) 후회? 나는 수많은 결정을 했어. 매순간 선택하고
모든 걸 감당해야 했지. 바로 내 조국을 위해! 전부를 희
생하고도 돌아보지 않는다. 그게 비록 나 자신, 영광, 인
생! 가족일지라도. 그게 바로 의병대다! 나는… 조선 사람
이야. 나는! 내가 한 모든 일은 다…… (숨이 차는)

이율리야 (울며, 막아서는) 아저씨! 제가 사랑하는 할아버지예요. 죽
이지 말아요. 아저씨!

신강산, 신응수와 율리야의 모습을 잠시 바라본다.

신강산 내가 당신을 살려두는 건 당신이 이 애의 할아버지이기

때문입니다. 당신이 의병대나, 조선 사람, 군인이어서가
아니라……

신강산이 총구를 내리고, 잠시 율리야를 본다.
그대로 도망친다. 멀리.
율리야가 무너지는 신응수를 껴안는다.
류보비의 우렁찬 울음소리.

3막

3-1. 숙소 겸 연구실 로비

늦은 새벽.

남소영이 혼자 술을 마시고 있다.
이미 취한 상태.
술병이 잔뜩 늘어져 있고,
그 끝엔 유골이 놓여있다.
노래를 흥얼거린다.

그때, 꿈에서 보았던 왕족이 나타난다.
머리에 왕관만 사라져있다.

남소영 (비틀대며 인사) 안녕하세요.
제가 깜빡 속았어요. 아줌마.
할머니라고 해야 되나.

남소영이 술을 들이킨다.

남소영 아. 아니다. 한박사님.
좋은 호칭이 있었네. 맞죠? 한박사님. (사이)
왜 또 나타나셨어요. 사람 놀리는 것도 아니고.
저 이 프로젝트 엄청 기대하고 왔거든요.

놀리시면 안 돼요. 그러니까. 사람이 돼서.
유령인가. (사이) 뭐, 미라예요?

남소영이 픽 웃는다.

남소영 뭐, 아무래도 좋아요. 상관없어졌거든요.

술을 따른다.

남소영 이번엔 진짜 캐나다 들어가려고 했거든요. 사직서까지 써
놨어요. 이게 마지막이라고 생각했거든요.
발굴이 좋아서 온 건데. 한국 와선 계속 사무실에만 처박
혀있었어요. 나 가만히 있는 거 진짜 못 하거든요. 숨이
막혀서. 견딜 수가 있어야지.

술을 마신다.

남소영 캐나다에 가족들이 있거든요. 형제도 엄청 많아요.
언니에 오빠에… 제가 막내예요. 막둥이.
엄마 아빠가 계속 집에 들어오라고 했어요. 몇 년 동안.
그래서 이번엔 진짜 들어가려고 했는데.
이 프로젝트만 딱 멋지게 끝내고 가려고 했어요.
이거 아니면. (사이) 이것만 하고. (웃는)
근데 멋지게 두드려 맞았잖아요.
뭐가 그렇게 급했지. 평소엔 안 그러는데. 저 엄청 냉정하
고 침착하기로 소문났거든요. 거의 로봇이라고 그랬어요.

사람들이. 엄마는 어릴 때 나 데리고 정신과 상담도 받았
다니까. (웃는다)
생각해 보니까 다 박사님 때문이네. 맞잖아요.
박사님만 안 죽었으면. 그럼 여기 올 일도 없었는데.
(사이)
그래요. 뭐. 박사님이라고 돌아가시고 싶어 돌아가셨겠습
니까. 그쵸.

술을 전부 들이킨다. 비었다.

남소영   그러니까 이게… 내 마지막 핑계였단 말이에요.
               (사이)
               도대체 나는 왜 이런 핑계들만 찾아다닌 걸까요.
               어딜 자꾸 헤매는 걸까요. 난.
               왜 계속.

바람 소리가 들린다.

남소영   왜 자꾸 내 앞에 나타나는 거예요?
               난 당신이 누군지도 몰라요.

남소영이 똑바로 바라본다.

남소영   누구예요?

긴 사이.

왕족의 모습을 한 그녀가 천천히 걷는다.

유골에게 다가간다.

그녀가 유골을 쥔다.

유골을 들어, 자신의 얼굴을 가린다.

남소영이 그녀에게 다가간다.

그리고 천천히 유골을, 잡는다.

두 손으로.

거센 바람소리.

3-2. 어느 벌판

(이어서)

바람소리가 이어진다.

무대는 변하지 않는다.

모두가 잠든 밤.

신로자가 불 앞에 앉아있다.

잠시 후, 조용히 신응수가 나온다.

신로자는 신응수를 바라본다.

신응수는 신로자를 보고 멈췄다가, 반대편으로 나가려고 한다.

그러다가 다시 멈춰 선다.

신응수   아직도 그 눈으로 나를 보는구나.

신응수가 몸을 돌린다.

신응수   잘됐어. 이제 내 눈은 다 멀어서, 그 눈을 다시 볼 일도
없을 테니 말이야.

사이.

신응수   난 다시 그때가 와도 그런 선택을 할 거다.
나에겐 조국이 있어. 그리고 그건 우리 가족의 조국이기
도 하다.
내가 지켜야 할 것들. 난 그걸 위해 싸웠을 뿐이야.
그게 내가 너희를 지키는 방식이었어.

긴 사이.

신응수   잡아주길 바란 것도 아니었다만, 마지막 인사 정도는 해줄
줄 알았다.

사이.

신응수가 나가려는데,
신로자의 웃음소리.
신응수가 그런 신로자를 돌아본다.

신응수 ……. 너. …내가 떠나길 기다린 거냐.
그래?

신로자가 신응수를 빤히 바라본다.

신응수 그래서 입을 닫고 있었구나. 내가 떠날 걸 알고. 내 병을
알고 있었어.

사이.

신응수 (웃는) 그래. 그게 바로 이 신응수 자식이지.
이게 네 복수냐? 죽어가는 네 애비를 지켜보면서.
형편없이 약해지는 나를 보면서. 속으로 얼마나 비웃었
니. 너한테 난 이제 가족도 아니란 거냐?
난 평생을 싸워왔다. 그 싸움에 너희들이 끼어들 수도 있
었어. 하지만 난 그것만은 막으려 애썼다. 모진 일, 험한
일 다 맡아 가며, 너희들만큼은 따뜻한 집에서 따뜻한 끼
니를 먹길 바랐다. 그런데 그 대가가 이거냐? 이 애비를
자랑스러워하기는커녕…… 더 이상 아버지라고 부르는
것조차 싫단 말이야?

사이.

신응수 조국은 나를 기억할 거다. 조선은 나를 기억할 거야.
로자, 네가 아무리 나를 부정해도, 나는 지워지지 않는다.

다시 뒤돌아선다.

신응수   이제 나는, 짐이 되지 않는 것밖에 해줄 수 있는 게 없다.
             (긴 사이, 로자를 본다)
             소련말이라도 좋다. 내가 떠나거든, 남은 네 자식들을 위
             해 말을 좀 해다오. 사할린으로 가서 네 남편을…… 아니,
             아무래도 좋다.
             …내 후회들을 물려받진 말아라.

             신응수, 나가는데,

신로자   누구예요.

             사이.

신로자   당신을 부를 말조차 나는 빼앗겼습니다.
             누구예요.
             당신은, 대체 누굽니까.

             사이.

             신로자의 강렬한 눈과, 그것을 마주하는 신응수의 눈-이미 거의 보이지
             않는.

             율리야가 눈을 비비며 나온다.

이율리야 엄마?

율리야가 다가온다.

이율리야 할아버지. 어디 가요?

신응수가 율리야를 본다.
무어라 말을 하려 한다.
그러나 아무 말도 하지 못한다.

신응수는 그대로 사라진다.

이율리야 할아버지!

율리야가 잠시 고민하다가, 신로자를 본다.

이율리야 엄마. 울어?

신로자가 눈을 세게 비빈다.
그리곤 자신의 손에 들려있던 아들의 옷을 그대로 불에 넣는다.

이율리야 엄마. 왜 그래. 할아버지 어디 간 거야?

신로자가 율리야를 본다.

신로자 율리야.

이율리야	(보는)
신로자	되찾을 거야.
이율리야	엄마.
신로자	되찾을 거야. 엄마.

신로자가 웃는다.
그리고 찾아오는 울음과 같은 긴 포효.
오랜 시간.

3-3. 숙소 겸 연구실 로비

(이어서)
남소영의 공간에 전화벨이 울린다.

남소영은 그녀를 똑바로 바라보며, 휴대폰을 확인한다.

그러나 남소영이 고개를 돌리자, 그녀는 사라졌다.
남소영이 그녀를 찾아 두리번거린다.

전화는 그대로 내려놓은 채.
받지 않는 전화벨 소리 커진다.

남소영은 인식하지 못하지만 류정주가 들어온다.
류정주가 남소영을 바라보고 있다.

전화벨 끊기며,

류정주   남박사님?

남소영이 놀라서 돌아본다.
어느덧 아침이다.

류정주   전화, 안 받으셔도 돼요?

남소영이 핸드폰을 주머니에 넣는다.

남소영   어어… 괜찮아요.
류정주   …괜찮으세요? 주무시고 계셨나 봐요.
남소영   (햇빛을 인식하고) 아침이구나.
류정주   (술병 보며) 많이 드셨네요.
남소영   아. (황급히 대충 치운다)
류정주   죄송해요. 저 때문에.

남소영, 그제야 류정주의 일을 떠올린 듯.

남소영   어떻게 여기 있어요? 병원에……
류정주   막 퇴원했어요. 챙길 게 좀 있어서…….
          (사이) 전 오늘 오후 비행기로 먼저 들어가 볼 것 같습니
          다, 박사님.
남소영   (조금 정신없는) 어디……. 한국이요?
류정주   네. …죄송합니다.

남소영	그럼 프로젝트는 정말……
류정주	김박사님께서 디나 팀장님과 회의 중이신 것 같습니다. 이후 일정이 어떻게 될지는 저도 아직…….
남소영	아아…….

남소영이 지친 듯 앉는다.

사이.

남소영	……괜찮은 거죠?
류정주	네. 걱정해주셔서 감사합니다.

류정주가 화분을 비닐에 싼다.

남소영	…그거 정주씨 거였어요?
류정주	네?
남소영	……아니. 미하일씨가 계속 돌보길래.
류정주	아. 제 거예요. 그린 바자르 갔을 때 하나 사왔거든요.
남소영	바자르?
류정주	그, 시장이요. 알마티에 있는. 아. 박사님은 여기 관광을 하나도 못 하셨구나.
남소영	네, 뭐. 놀러온 건 아니니까요.
류정주	(웃는) 이제 좀 익숙해진 거 같네요.
남소영	?
류정주	박사님 화법이요. 딱 있는 그대로만 말하는.
남소영	(대충 웃는)
류정주	브로콜리 종자를 심었는데요. 보세요. 나름 자랐죠?

아주 작은 새싹이 돋은 화분을, 남소영이 어정쩡한 자세로 자세히 본다.

남소영   …아. 보이네요.

류정주   식물 키우는 거 좋아하거든요. 고작해야 아파트 베란다에서 기르는 거지만. 우연히 앨 봤는데, 카자흐스탄 브로콜리는 뭔가 다를까 해서 한번 심어봤어요. 근데 막상 타지에서 돌보려니 쉽지 않네요. 미하일씨가 돌봐준 덕분에 싹은 났지만.

남소영   근데, 가지고 가려구요?

류정주   네. 공항 가려는데 갑자기 생각이 나서.

남소영   흙이나 식물 같은 건 한국에 못 가져갈 텐데.

류정주   ……아. 맞다.

남소영이 픽 웃는다.

류정주   공항 가는 길에 다시 돌아왔는데. (웃는다) 진짜 바보 같네요. (사이) 가지실래요?

남소영   (질색하며) 아뇨. 전 뭐 키우는 데 소질이 없어서.

류정주가 웃는다.

류정주   박사님은 이번 프로젝트에 왜 참여하게 되셨어요?

남소영   그야 뭐……. (사이) 현장을 좋아해요. 발굴 작업이 노가다라고들 하지만. 그래도 흥미로운 것들이 많으니까.

류정주   발굴이 뭐라고 생각하세요?

사이.

류정주 죄송해요. 디나 팀장님이 했던 질문이네요. 실례되는 걸 제가…

남소영 … 뭔가를 연결시키는 작업이라고 생각해요. 보이지 않던 걸, 보이는 걸로 만드는 작업이잖아요. 누군가가 아니었으면 평생 발견되지 않았을 거니까.

류정주 (보다가) 어딘가 묻혀있는 게 많다는 뜻이겠죠. 어쩌면 평생 발견되지 않더라도.

남소영 발견해내야죠. 그러니까 우리가.

류정주 근데 전 가끔 그런 생각이 들더라구요. 발견되지 않아서 좋은 것들도 있지 않을까.

남소영 …….

류정주 보지 않고 만나지 않아도 어딘가 있다는 거니까.

류정주의 얼굴을 보는 남소영.
어쩐지 그녀의 얼굴을 처음 보는 듯하다.

류정주 전 그만 움직여봐야겠어요. 비행기 시간 때문에.

남소영 네. 그렇게 해요.

류정주 감사합니다.

남소영 ?

류정주 비밀 지켜주셔서.

남소영 아……. 그건……

류정주 (방금 나눈) 좋은 대화도. (웃는)

남소영 ……저도요.

류정주   (화분 들며) 가볼게요. 조심히 들어오세요.

남소영   (문득) 그 화분. 미하일씨 주는 건 어때요?

류정주   (보는)

남소영   …오지랖이네요. 죄송해요.

류정주   좋은 생각이네요. 그럴게요.

짧은 사이.

남소영   건강. (사이) 잘 챙겨요.

류정주가 한 번 더 웃어 보이고, 나간다.
남소영이 혼자 남는다.
긴 사이.

전화벨이 울린다.

3-4. 어느 벌판

아침.

신로자가 짐을 챙기고 있다.
율리야는 류보비를 챙긴다.

이류보비   언니! 근데 할아버지는 어디 갔어?

이율리야   몰라.

이류보비	바보.
이율리야	이게 진짜!
이류보비	엄마! (엄마한테 달려가 안기는)

이율리야	엄마. 근데 우리 어디 가는 거야?
신로자	…우린 사할린으로 갈 거야.
이율리야	아빠한테 가는 거야?
신로자	(끄덕인다)
이류보비	살린으로!
이율리야	엄마는 아빠 싫어하잖아…….
신로자	…….
이율리야	근데 그럼 할아버지는?
신로자	갔어.
이율리야	조선에 갔어?
신로자	그래. (사이) 사할린에 가면, 너희 아빠가… (사이) 너희 아빠가 있을 거야.
이율리야	할아버지가 나 학교 데려다준다고 약속했단 말이야. 나 다시 연해주 돌아가야 돼. 우리 살던 데로 가자. 응?
신로자	(말 없는)
이율리야	가자 엄마. 돌아가자. 우리 복돌이랑 내 친구들 다 거기 있어.
신로자	안돼.
이율리야	나 안 가.

율리야가 주저앉는다.

류보비도 웃으며 따라 앉는다.

신로자   ⋯너희는 아빠한테 가야 해.

이율리야   싫어. 싫단 말이야.

신로자   율리야. 이제 그 집은 없어.

이율리야   집이 왜 없어? 우리 마을에 데려다줘. 그럼 내가 찾을게. 분명히 거기 있어. 그대로 있을 거란 말이야!

신로자   없어. 사할린에 가야 해. 집이 있을 거야. 네 아빠도 너희를 아꼈으니, 괜찮을 거야.

신로자가 짐을 들고 일어선다.

이율리야   엄마 왜 그래? 할아버지는 또 왜 그래! 왜 어른들은 다 마음대로 해? 여기 가라, 저기 가라, 일어나라, 앉아라! 엄마는 아빠 싫어했잖아. 아빠가 우릴 버린 거라고 했잖아. 왜 갑자기 아빠한테 간다고 해? 왜 나는 마음대로 못 해! 나도 마음 있어! 다리도 있어! 근데 왜 내 마음대로 가질 못하게 하냔 말이야! 왜!

율리야가 서럽게 운다.
류보비가 그런 언니를 보며 웃더니 곧 따라서 운다.

신로자   집이 거기 있으니까.

이율리야   사할린에 있던 사람들 다 여기 왔다고 했어!

사이.

신로자   뭐?

이율리야   강산 아저씨가 그랬어. 사할린에서 일하는 조선 사람들도
         다 와곤에 실려 왔다고.

         정적이 흐른다.
         율리야가 그제야 신로자의 눈치를 살핀다.

이율리야   엄마.

신로자   정말이야?

이율리야   강산 아저씨가 같이 탔댔어. 사할린에 일하러 갔던 사람
         들이랑……

신로자   정말. 정말 이제, 거기도 집이 없어?

이율리야   집은 나도 모르는데…….

         신로자가 웃는다.

이율리야   엄마…?

신로자   (소리 내어 웃는)

이율리야   …그럼 우리 이제 돌아가도 되는 거야?

         신로자가 한참 웃는다.
         짐을 모두 내려놓는다.

신로자   율리야.
         우린 이제 정말 자유로워졌어.
         율리야. 돌아가지 않아도 돼. 아무데도.

이율리야	돌아가지 않는다고?
신로자	그래. 이젠 정말… (주변을 둘러보는) 정말 아무것도 없어.
이율리야	엄마…….
신로자	(아마도 어떤 홀가분한 얼굴로) 정말 아무것도.

신로자가 류보비를 안고 앉는다.

율리야가 튀어 오르듯, 달려나가기 시작한다.
멀리. 먼 곳으로.

3-5. 숙소 겸 연구실 로비

김준만과 남미하일이 앉아있다.

남미하일	다음 프로젝트, 기약 없는 건가요?
김준만	일단은. 뭐, 아직 그 쿠르간, 전부 파본 건 아니니까. 운이 좋으면 다시 진행할 수 있지 않을까 싶긴 한데. 그것도 쉬운 건 아니죠. (사이) 보존만 잘 되면 좋겠는데. 그것도 어렵겠죠?
남미하일	…아무래도. 중단된 발굴지를 지키고 있을 사람이 없으니까요.
김준만	허참……. 마음이 참 안 좋네. 이래저래.

남소영이 들어온다.
남미하일이 자리를 피한다.

김준만	어, 남박사. 짐 다 챙겼어?
남소영	이훈씨는요?
김준만	걔 지금 난리도 아냐. 대기업에서 스카웃 제의 들어왔다고.
남소영	스카웃이요?
김준만	여기저기 회사 들어가려고 찔러본 모양인데. 뭐 서류 넣지도 않은 데서 어떻게 알고 연락이 왔다나.
남소영	……. 문화재청 같은 덴가요?
김준만	아니. 전혀 연관 없는 데라던데. 그 무슨, 식품 회사라던가. 근데 뭐, 거기 들어갔다가 또 몇 달 못 버티고 나오지 않겠어? 박사 시작하기 전에도 잠깐 광고 회산지 출판 회산지 다니다 왔다던데. 하여튼 유별나. 참 유별나.

남소영이 어색하게 웃는다.

남소영	그…… 정주씨는…….
김준만	어어. 한국 잘 들어간 모양이야. 푹 쉬고 있대.
남소영	다행이네요.
김준만	걔는 말이야. 그런 일이 있으면 말을 하지. 나 참…… 요즘 시대가 어느 시댄데. 임신했다고 자르고 그러겠어?
남소영	여기는 안 데려오셨을 거잖아요.
김준만	그거야……. 일이 험하니까. 거봐. 결국 이렇게 됐잖어…….
남소영	그건 스트레스를 많이 받아서 그런 것 같아요. 일보다도, 숨겨야 된다는 것 때문에.
김준만	(잠시, 사이) 남박사가 남 일에 이렇게 관심 보이는 거 처음

이네.

남소영　관심은 아니구요.

사이.

김준만　한국으로 같이 들어가는 거지?

남소영　네. (사이) 일 제안해주셔서 감사합니다. 사고만 쳤는데.

김준만　사고는 무슨. 남박사 일 잘하는 거 내가 몰라? 나야 땡큐지. 한 명 빠지게 돼서 곤란했는데…….

남소영　……? 빠져요?

김준만　어? 어어. 정주. (사이) 내가 자른 거 아니다. 오해하지 마. (사이) 아무래도 힘든가봐. 먼저 같이 못 하겠다고 그러네.

남소영　그럼 제가 들어가는 자리가…….

김준만　아니. 남박사는 당연히 연구원이지. 보조연구원을 하라고 하겠어, 설마? 원래 실력 좋고 경력 있는 팀원이 필요하기도 했고.

남소영　……. 네.

김준만　너무 그렇게 생각하지 마. 사람 일이 다 그런 거지……. 다들 치열하게 자기 자리 잡으려고, 막 발길질 하는 거 아니겠어. 그 뭐냐, 거위처럼. (헤엄치는 시늉)

사이.

김준만　그럼 적당히 정리하고 나와. 같이 이동하자구.

김준만, 가려다가,

김준만	그. 캐나다 말이야.
남소영	네?
김준만	여기서 많이 먼가?
남소영	? 여기? 카자흐스탄에서요?
김준만	엉. 토론토까지.
남소영	저도 여기서 가본 적은 없어서. 경유를 꽤 해야 될 거예요. 직항은 없는 걸로 아는데……
김준만	아니. 그런 거 말구. 거리상으로.
남소영	그건 저도 잘……. 한국이랑 비슷하지 않을까요.
김준만	그렇구만.
남소영	갑자기 그건 왜요?
김준만	딸내미가 졸업 연주회를 한다네.
남소영	토론토에 있다던 따님이요? 피아노 전공이라고 하셨나…….
김준만	플루트.
남소영	아.
김준만	오늘이걸랑.
남소영	아아.
김준만	안 들리겠지? 여기서.
남소영	네?
김준만	들어보고 싶었는데.

짧은 사이.

남소영	저, 교수님.
김준만	엉.

남소영	한박사님 말이에요.
김준만	한박사? 왜?
남소영	친하다고 하셨죠.
김준만	음. 그랬지.
남소영	어떻게 돌아가신 거예요?
김준만	그게. 그러니까. 갑자기 그랬지. 뭐 별다른 증상도 없었는데. 갑자기 집에서 그런 채로 발견된 거야. 평생 혼자 사셨거든. 가족도 없이.
남소영	…고독사, 그런 건가요?
김준만	고독사? 말도 안 돼. 에이, 아니야. 얼마나 바쁘게 사셨는데. 사람들도 많이 만나고. 들었잖아. 관심 있는 분야가 얼마나 많으시고. 직전엔 고려인들 발자취를 찾겠다고 또 막…… 하여튼 절대! 고독사하실 분은 아니야. 오히려 너무 바빠서 스트레스를 받았으면 받았지…….
남소영	아…. 네.
김준만	근데 갑자기 한박사님은 왜?
남소영	그냥요. 갑자기 궁금해서. 프로젝트를 계획하신 분이기도 하고.
김준만	꿈에 나와서 그러는구나? 맞지? 고새 정이 들었어?
남소영	……. 아닙니다.

김준만이 웃으며 짐을 들고 나가려고 한다.
남소영도 짐을 챙겨 든다.

김준만	근데 말이야.
남소영	?

김준만	한박사님이 생전에, 그런 얘길 많이 하셨거든. 누구를 만나고 싶다고.
남소영	누굴요?
김준만	그러니까 그 누구, 가. 누구? 가 아니라. 그, 있잖아. 누군가, 의 누구.
남소영	……?
김준만	나도 잘은 모르겠는데. 그런 소릴 자주 했어. 자기는 평생 누굴 찾고 있는 것 같다고. 누군가 꼭 만날 것 같은 기분이 든다고. 돌아가시기 며칠 전에는, 그래서 떠나고 싶다는 말씀도 하셨던 것 같고. (사이) 아. 자살은 아니야. 자살 정황은 아예 없다고 했어. 그러실 분도 아니고. (사이) 내가 외국인이랑 결혼하시려구요? 했더니 웃었어. 아니. 혀를 찼던가. (웃는)
남소영	네….
김준만	어느 날은 문득 그런 생각이 들더라구? 여기 오는 비행기에서였나. 카자흐스탄 땅이 저 멀리 보이는데. 왠지 한박사님이 어딘가 있을 것 같다는 생각이 드는 거야.
남소영	…….
김준만	분명 장례도 다 치르고, 내가 유골함까지 들고 걸었거든. 근데 이상하게. 이상하게 어딘가, 한박사님이 계실 것 같은 거야. 누구를 찾아다니면서 계속, 계속, 걷고 있는 거지. 어떤 땅을, 계속.

사이.

| 김준만 | (다시 빠져나와서, 쩝, 하며) 근데 그러면 유령이잖아. 극락왕 |

생을 바라는 게 친구의 도리인데. 그게 잘 안 되네. (사이) 얼른 짐 챙겨서 나와. 비행기 늦겠다. (사이, 갑자기 멈칫) 방금 무슨 소리 못 들었어? (플루트 소리 같은 흉내를 내는) 뿌우우—

남소영 ……. (가만히 먼 곳을 본다)

김준만 (귀 파는) 무덤이 많아 그런가. 30년을 다녀도 무섭네. 무서워.

김준만이 나간다.
남소영이 남는다.

플루트 연주 소리.

3-6. 어느 벌판 그리고 발굴 현장

오래 달려, 율리야가 언덕 위에 올라선다.

짐을 가지고, 혼자서, 남소영이 파헤쳐진 쿠르간 앞에 선다.

남소영이 쿠르간의 구멍 안에 들어간다.
그리고 가만히 눕는다.

율리야가 언덕 아래를 바라본다.

이율리야 숨 가쁘게 올라간 언덕. 몇 시간을 달렸는지 모른다.

남소영   비행기는 떠났다.

이율리야   그 위에서, 나는 처음으로 아래를 내려다볼 수 있었다.

남소영   어디로 가야 하지.

이율리야   넓고 끝없는 벌판.

남소영   그런 질문을 품은 채 계속해서, 걷고, 또 걷고.

이율리야   그 위에서 나는 숨을 몰아쉬었다. 안개가 자욱한 땅에는
           엄마도, 류보비도, 할아버지도, 아빠도 없었다.

남소영   결국 도착한, 여기. 쿠르간.

이율리야   할머니도, 오빠도.

남소영   뭔가를 찾으러 온 사람처럼.

이율리야   처음으로, 내 발로 달려온 이 언덕 위에서.

남소영   누군가 찾으러 온 사람처럼.

이율리야   숨을 마시고.

남소영   파헤쳐진 무덤.

이율리야   깊게 내쉬고.

남소영   그 안으로.

이율리야   그 위에서.

남소영   축축한 땅에 등을 대고 눕자, 처음으로.

이율리야   처음으로.

남소영   처음으로 하늘이 보였다.

이율리야   안개가 걷히고,

남소영   아주 오래전부터, 나를 지켜봤을 하늘.

이율리야   사람들.

남소영   내가 보지 않아도, 내 위에 떠 있던,

이율리야   (아래의 사람들에게 손을 흔든다) 사람들.

남소영   하늘.

　　　두 사람,
　　　서로 눈이 마주친다.

오랜 시간.

이율리야   그리고 그제야,

남소영   그리고 그제야,

이율리야   내려갈 수 있겠다는 생각— 그런 생각이.
(아래의 사람들에게 손을 흔들며)
여기요! 여기에 있어요!
여기 우리가 있어요!

율리야가 벅찬 얼굴로 언덕을 내려온다.

남소영, 혼자 남아 위를 바라본다.

남소영   누군가를,
누군가를 만날 것 같은 기분.

암전.

0. 에필로그

율리야가 짐을 이고 걷고 있다.

신로자와 류보비가 따라 걷는다.

류보비가 저 멀리 무언가를 발견한 듯,

꺄르르 웃으며 달려 나간다.

신로자가 류보비를 부르며 쫓아간다.

율리야가 멈춘다.

힘이 들어 짐을 내려놓는다.

멀리서 들려오는 류보비의 목소리.

"언니! 빨리 와! 나 벌써 다 왔다!

여기 맛있는 거랑! 사람들 엄청 많다! 언니!

안 보이지? 난 언니 보이는데! 안 보이지?

나- 안- 보이지-?"

류보비와 신로자의 웃음소리.

그리고 몇몇 낯선 이들의 웃음소리.

율리야가 짐을 다시 인다.

그리고 잠시, 언덕 위를 올려다보는.

빈 언덕에는 처음의 달빛이.

율리야가 웃으면서 달려간다.

막.

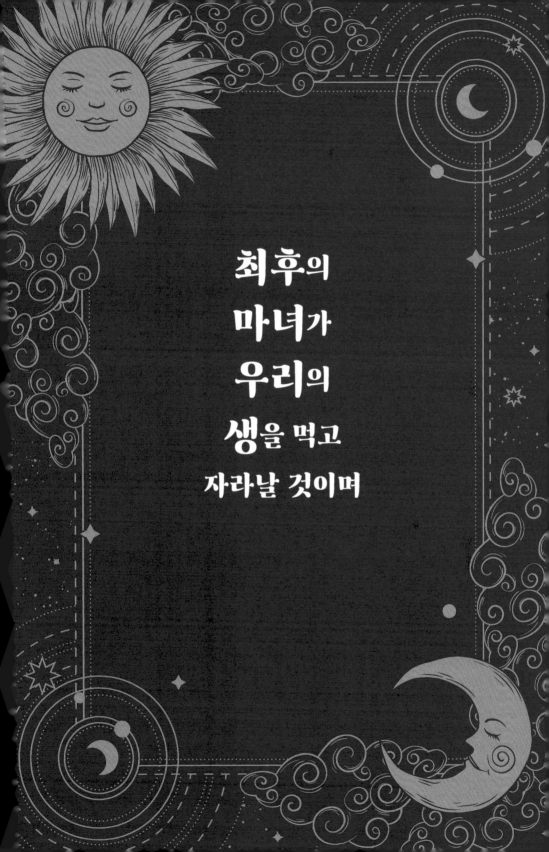

최후의
마녀가
우리의
생을 먹고
자라날 것이며

등장인물

진

나마

신

꼬마

청년부 회장

판매자

미남자

후원자

노아

1막

1-1

진이 있다.

그녀는 길고 풍성한 머리카락을 빗고 있다.

이야기를 읊는다.

그것은 자신의 이야기 같기도, 누군가의 목소리를 전하는 것 같기도, 외우고 있는 것 같기도, 믿어야만 하는 것 같기도.

진   이 이야기는 검은 머리칼을 가지고 태어난 어떤 마녀의 이야기다.
붉은 머리칼의 마녀들 사이에서 유일하게
검은색 머리카락을 가지고 태어난. 아주 작은 마녀.

마녀들은 그녀를 '검은 머리칼의 마녀',
줄여서 '검은 마녀'라고 불렀다.
그래서 검은 마녀도 다른 마녀들을 '붉은 머리칼의 마녀',
줄여서 '붉은 마녀'라고 불렀다.

검은 마녀는 아주 작고, 작고, 작았기 때문에
언제나 붉은 마녀들의 무시를 받았다.

붉은 마녀들은 검은 마녀가 아주 약하고, 유별나고, 까맣기 때문에 그녀를 마녀로 인정할 수 없다고 했다.
붉은 마녀들은 검은 마녀를 괴롭히고, 놀리고, 아프게 했다. 하지만 검은 마녀는 절대로 울지 않았다.

붉은 마녀들은 검은 마녀가 눈물까지 까맣기 때문에 창피해서 울지 못하는 거라고 놀려댔다.
그래도 그녀는 울지 않았다.
붉은 마녀들은 바다에 뜬 까만 기름 덩어리를 보고 검은 마녀가 여기서 몰래 울었을 거라고 놀려댔다.
그래도 그녀는 울지 않았다.

검은 마녀는 버티고, 버티고, 버텼다.
그녀에게는 검은 고양이 '나마'가 있기 때문이었다.

나마.
자신보다 까맣고, 자신보다 자그마한 친구.
나마.

나마가 막 태어났을 때, 검은 마녀는 나마에게 이름을 붙여주었다. 나마가 미처 나마가 아니었을 때.
그 순간에도 그녀는 나마와 함께였다.
나마가 나마가 된 순간에도,
나마가 나마로 살아가는 모든 순간.
그녀는 나마와 함께였다.
그러니까 그녀는, ―고양이가 아니기 때문에―

나마를 낳을 수는 없었지만.
나마를 나마로 만들 수는 있었다.
단 하나의 특별한 나마.
나의 유일한 나마.

까맣고, 자그마한 내 친구.

그렇다.
나마는 불쌍한 검은 마녀에게 보내주신
신의 선물이었다.

나마가 처음 검은 마녀를 바라보게 된 순간,
선명한 목소리로 말했다.
"내가 태어나기 전에, 신의 목소리를 들었어.
얘, 네가 최후의 마녀가 될 거래.
얘, 너는 최후의 마녀가 될 거야."

그 후 나마는 단 한 번도 인간의 목소리를
내는 일이 없었다.

검은 마녀는 그 목소리를 잊지 않기로 했다.
그래서 검은 마녀는 버티고, 버티고, 버텼다.
최후의 마녀가 되기 위해.
그렇게 100년이 흘렀다.
붉은 마녀의 머리카락은 전부 하얗게 변해버렸다.
그러나 버티고, 버티고, 버텨낸 검은 마녀의 머리는

검다 못해 푸르며, 풍성했고, 끔찍하도록 빛났다.

그러자 드디어.
드디어.
버티고, 버티고, 버텨낸 검은 마녀에게,

신의 목소리가
들려오기 시작했다.

그의 목소리가.

1-2
진, 아홉 살.

진의 집.

그러나 집이라기엔 지나치게 남루한 공간.
작은 쓰레기들이 여기저기 쌓여있다.

빗소리가 들리기 시작한다.
열린 문틈으로 한바탕 천둥이 친다.

진   신은 하늘을 찢고 나에게 왔다.

신이 서서히 모습을 드러낸다.

우비를 입은 만취한 남자.

거의 대머리다.

신 (술을 꺼내 들이킨다)

진 찢어진 하늘에선 검은 물이 쏟아져 내렸다.

신 (들어오는)

진 비명을 질러댔다. (노려보는) 나를 시샘하는 거야.

신 (진에게 손짓)

진 그래도 언제나, 신은 나에게 왔다.

진이 신에게 달려간다.

신이 벌러덩 눕자 신의 젖은 장화와 양말을 벗긴다.

진 신에게선 썩은내가 난다.

신 (하- 하고 입 냄새를 진의 얼굴에 풍긴다)

진 땅에서는 인간보다 못한 존재처럼 보여야 하기 때문이다.

신 (호탕하게 웃는다)

어디선가 아기 울음소리가 난다.

진이 놀라서 물러선다.

신이 가방에서 갓난아기를 꺼내 내민다.

신 선물이다.

진 (떨어트릴 뻔하다가 겨우 안는다, 버거워 보이는)

    저한테요?

신	그래.

진, 경이로운 표정으로 아기를 바라본다.

진	그 애를 처음 만난 순간을 잊을 수가 없다.
신	네가 앞으로 보살펴야 해. 그건 곧 내 분신과도 같으니까.
진	이름이 뭐예요?
신	이름?
진	제가 붙여줘도 돼요?
신	그래. 이제 네 거니까.
진	…나마.

신이 비웃는다.

진	나마. 나의 유일한, 나마.
	넌 이제, 나의 나마야. (웃는)
신	웃기는 이름이군.
진	보세요. 나마가 웃어요.
	나마는 참… 따뜻해요.
신	오늘은 부추전을 먹었어. 동동주를 두 주전자 비웠지.
	보름 전이던가, 일 년 전이던가.
	우연히 내 팬이라는 독자를 만났어.
	그 여자 말이야,
	열다섯 때까지 〈검은 머리칼의 마녀〉를 매일 읽었대.
	아빠가 돌아가시고 너무 외로웠는데,
	내 동화가 큰 위로가 됐다나.

가끔 책날개에 박힌 내 사진이랑 대화를 할 때도 있었대.

오늘은 머리가 많이 벗겨지셨다고 웃더군.

그러더니 갑자기 울었어.

내 머리통을 붙잡고 우는 거야.

진   (아기의 가슴에 머리를 대본다)

신은 이 애가 인간에게서 태어났다고 했다.

아주 작고 빠른 심장 소리가 들려.

신   그런데 그 여자를 오늘 또 만난 거야.

아마 좆같은 우연이겠지. 분명히 그럴 거야.

나에게 그 애를 주고 사라졌어.

진   나마를요?

신   이름도 없는 핏덩이를!

진   그분은 천사인가요?

신   (콧방귀) 천사? 처음엔 그랬지.

진   신의 심부름꾼인거죠?

신   악마 같은 년.

아기가 칭얼댄다.

진이 아기를 달래기 위해 애를 쓰지만 잘 멈추지 않는다.

진   제가 나마를 잘 보살필 수 있을까요?

신   당연하지.

진   검은 마녀가 아기를 잘 돌보나요?

신   검은 마녀는 무엇이든 척척 해낸다.

진   나는 저 말이 좋다. 무엇이든 척척 해낼 거야.

신   머저리 같은 그 여자랑은 달라.

진	그 여자. 누군지 알 수 없지만 신은 그 여자를 싫어하신다. 왜냐하면,
신	냄비로 누룽지숭늉 만드는 법도 알고
진	냄비로 누룽지숭늉 못 만들어서.
신	뒤집어 벗은 양말도 빨 줄 알고
진	뒤집어 벗은 양말은 못 빨아서.
신	적은 돈으로 알차게 살아나가지.
진	적은 돈으로 알차게 못 살아서.
신	그깟 아기쯤이야.
진	아기를 버려서.

진이 아기의 볼을 쓰다듬는다.

아기가 서서히 울음을 그친다.

진	(탄성) 와아…….

사이.

진	(소근대는) 검은 마녀는 정말 대단해요.
신	소중한 게 생겼으니, 넌 더 강해질 거다.
진	세상은 너무 위험하니까요.
신	멍청하고 천박한 놈들 천지야.
진	끔찍한 붉은 마녀들 범벅이에요.
신	예술을 모르는 것들은 지긋지긋해.
진	이야기를 모르는 인간들은 한심해요!

신이 진을 보고 흐뭇하게 웃는다.

진의 머리를 쓰다듬는다.

진, 몹시 감격스럽다.

진   신이 내 머리를 자꾸만 반대 방향으로 쓰다듬어서
     가시고 나면 한참 빗질을 해야 하지만
     그래도 참 좋다…….

신   넌 역시 똑똑해. 다른 무식한 것들이랑은 달라.
진   참 좋다…….

신, 취해서 그대로 뻗는다.

천둥소리.

진이 신의 앞에 무릎을 꿇는다.

나마를 바치듯, 그의 앞에 놓는다.

진   울지 마라.
     나마를 지켜라.
     너를 가로막는 마녀들을 절대 용서하지 마라.
     자라라.
     비루한 인간들과 비겁한 마녀들 사이에서
     …최후의 마녀가 되어라!

암전.

아기 울음소리.

1-3
진, 열세 살

진이 어린 나마를 쇼핑 카트에 싣고 나온다.

진   (노래) 사슴벌레 한 쌍과 수컷 까마귀 깃털

나마   (노래) 명아주에 맺힌 이슬 세 방울

진   (노래) 인간의 머리에서 짜낸 기름에

나마   (노래) 버림받은 아기의 울음소리

진   (노래) 이건 너를 재우는 노래

나마   (노래) 나를 만드는 재료

진   (노래) 너를 지키는 주술

진은 온갖 쓰레기들을 모으고 있다.

나마   누나, 다시 해.

진   병뚜껑, 거북이.

나마   동그래! 그리고 딱딱하다!

진   좋아. 네 차례야.

나마   (한참 기뻐하고) 음…… 나는! 빨대……! 빨대랑… 구름?

진   구름?

나마   (끄덕이는)

진	빨대랑 구름……
	졌다. 모르겠어.
나마	이겼다! 내가 이겼어 누나!
진	정답이 뭔데?
나마	그건…… 비밀이야.
진	(눈 흘기는)
나마	나마가 이겼어, 누나!

나마가 카트 위에서 방방 뛴다.

진	나마! 위험해. 카트는 바퀴가 있어서 데굴데굴 굴러갈 수도 있어.
나마	누나도 같이?
진	아니, 나마. 누나는 바퀴가 없어.
나마	그럼 안 돼. 무서워. (안기는) 나 굴러가는 거 싫어, 누나.
진	그러니까 얌전히 있어야지. 누나가 일하는 동안.

진이 쓰레기를 주워서 카트에 싣는다.

나마	하지만 누나는 마녀잖아.
진	당연하지.
나마	왜 바퀴가 없어?
진	마녀는 날아다닐 수 있잖아.
나마	근데 누나는 왜 안 날아?
진	왜냐하면 나마.
	나마를 두고 갈 순 없으니까.

나마   내가 굴러가기 싫은 것처럼?

진   그렇지.

진이 다 쓴 치약 껍질을 카트에 싣는다.

나마가 냉큼 집는다.

나마   누나 누나, 이건 뭐야?

진   이거? 이건 개구리 껍질.

나마   (버려진 동전) 그럼 이건?

진   그건 늙은 호박씨.

나마   (버려진 젓가락) 이거!

진   그건 거미 다리야.

나마   이건?

진   그건……

두 아이, 진은 쓰레기를 주워오고 나마는 질문하고.

한동안 반복.

진이 쓰레기들을 뒤적이는 사이,

동네 꼬마가 카트에 탄 나마에게 다가온다.

꼬마   이거 타면 안 돼!

진이 놀라서 달려온다.

꼬마   엄마가 큰 애는 타는 거 아니랬어.

진	저리 가!
꼬마	얘는 몇 살이에요?
나마	나는 다섯 살이다!
꼬마	그럼 애기라서 되네.
나마	나 애기 아니야! (진에게) 나 애기 아니지?
진	(꼬마가 든 장난감 총을 본다) 손에 든 거, 내려놔!
꼬마	이거 장난감인데.

꼬마가 장난감 총을 쏜다.
요란한 소리가 난다.

진이 놀라서 나마를 감싼다.

진	무슨 짓이야!
꼬마	우하하. 나보다 훨씬 크면서 완전 바보다.
나마	누나! 쟤가 바보래.
진	저리 꺼지지 못해?
꼬마	너네 누나 진짜 웃기다.
진	정체를 밝혀.
꼬마	나 김성진인데.
진	김성진?
나마	우리 누나 이름도 진인데.
진	나마! 그런 걸 함부로 밝히면 안 돼.

꼬마가 카트로 다가간다.

꼬마	어! 이거 레몬마트 거잖아!
	이거 레몬마트에서만 타는 건데.
	우리 엄마 레몬마트에서 일하는데.
	엄마한테 말하면 너 잡혀가!
	우리 엄마 짱 무서워!

꼬마가 웃으면서 카트를 이리저리 굴린다.

나마가 울먹인다.

진	너희 엄마, 붉은 마녀구나.
꼬마	붉은 마녀?
진	바른대로 말해. 아니면 너도 속고 있는 거냐?
꼬마	푸하하. 세상에 마녀가 어디 있어. 그건 아홉 살도 알겠다.
나마	마녀 있어! 우리 누나 마녀야!
꼬마	뭐?

진이 꼬마를 경계한다.

그러나 꼬마는 데굴데굴 구르며 웃는다.

꼬마	마녀래, 마녀. 자기가 마녀래.
	진짜 웃겨. 아홉 살도 아는 걸 모른대.
나마	누나······.
진	내버려둬. 자기가 마녀에게 속고 있는 걸 몰라서 그래.
	불쌍하고 한심하다. 붉은 마녀의 자식이라니.
꼬마	우리 엄마 마녀 아니거든! 우리 엄마 천사거든!

진	아니. 널 보니까 확실히 알겠어.
	너희 엄마는 붉은 마녀야. 세상을 더럽히는 붉은 마녀.
꼬마	아니야! 우리 엄마 마녀 아니야!
진	그래. 그냥 마녀가 아니라, 붉은 마녀.
꼬마	우리 엄마 마녀 아닌데…….

꼬마가 울먹이며 장난감 총을 진과 나마에게 쏜다.

진이 나마를 감싸며 꼬마를 밀친다.

넘어진 꼬마가 엉엉 울면서 떠난다.

꼬마	엄마한테 다 이를 거야……!

진이 웃는다.

진	그래! 어디 한 번 붉은 마녀한테 일러봐.
	내가 검은 마녀라는 걸 알면 아마 무서워서 벌벌 떨 걸.

꼬마가 사라진다.

갑자기 나마가 울음을 터트린다.

진	나마, 왜 그래. 놀랐어? 이제 괜찮아.
나마	나는 엄마 왜 없어?
진	나마.
나마	나도 엄마한테 이를 거야!

진이 나마를 안아준다.

진	나마. 나마의 엄마는 나야.
	나는 나마의 누나고, 엄마고, 친구고, 선생님이야.
	나마를 위해서라면 나는 뭐든 될 거야.
나마	진짜?
진	응. 걱정하지 마.
	나마는 이 세상 어떤 인간들보다 더 큰 걸 가졌어.
나마	(눈물 훔치며) 누나는 내 거야?
진	검은 마녀가 널 지킬 거야.

1-4

진, 열여섯 살

빗소리.

진의 집.

나마가 진의 옆에 잠들어있다.

신이 취해서 집에 들어오다가 우당탕 넘어진다.

진이 놀라서 나마의 귀를 막아준다.

진	신은 대단해.
신	으으.
진	저렇게 완벽하게 정체를 숨기다니.
신	물.

진이 신에게 물을 갖다 준다.

진   나마가 겨우 잠이 들었어요.

      신이 나마를 들여다본다.

신   자랄수록 나를 빼닮는군.
진   신은 우리 집에 올 때마다, 저렇게 한참동안
      나마를 들여다본다.
      나를 저런 눈으로 바라본 적도 있을까?
신   나마가 올해로 몇 살이지?
진   여덟 살이요. 요즘엔 밥을 저보다 많이 먹어요.

      신이 나마에게 시선을 고정한 채,
      봉투를 던진다.
      진이 봉투 안을 확인한다.

진   이렇게 많이요?
신   나마를 학교에 보내야지.
진   학교요?
신   여덟 살이면 초등학교에 가야 해.
진   하지만 저는 학교에 가지 말라고 하셨잖아요.
신   너는 마녀잖아! 나마는 인간이고.
진   아…….
신   나마는 훌륭한 사람이 될 거다.
진   제 생각도 그래요.
신   판사가 좋겠다. 아니면… 교수도 나쁘지 않지.
      아니야. 교수보단 역시 판사가 낫겠어.

판사는 매력적인 직업이거든.

진   그게 뭔데요?

신   …됐다.

진이 가만히 창밖을 바라본다.

신   오늘은 고갈비를 먹었어.

진   나는 신이 오는 날이면, 달의 모양을 관찰한다.

신   동동주를 두 주전자 마시고, 소주를 네 병 마셨지.

진   나마는 틈만 나면 울고 소리를 질러서

            달을 바라볼 시간이 없기 때문이다.

신   소주를 두 병 비울 때쯤에 대학 동창을 만났어.

            글은 안 쓰고 웬 영화를 만든다더군.

            활자로 가두기에 자기 세계는 너무 크다는 거야.

진   신이 오면, 나는 마음이 편안해진다.

신   그 자식 말이야.

            대학 다닐 때 등단한 나를 엄청 씹어댔어.

            동화는 문학이 아니라고 헛소리를 해댔지.

            지금은 성인영화를 찍는대.

            거기 나오는 여자 배우랑 연애를 한다나.

            주인공을 시켜주기로 약속했더니 바로 달려들었다더군.

            잇몸에 고등어 가시가 박힌 것도 모르고 웃어대는 거야.

            적어도 그 여자 세계는 바꿔놨다면서.

진   신이 오면, 나는 말이 많아진다.

신   내가 고작 한 여자 세계를 바꿀 거면 영화가 무슨 소용이

            냐고 했지.

그랬더니 그 개자식이 뭐라고 지껄였는지 알아?

너는 한 여자마저 도망가게 만들지 않았냐는 거야.

낄낄대며 소리를 질러댔어. 꼭 원숭이처럼.

그래서 내가 어떻게 했냐고?

웃었어. 웃으면서 술잔에 술을 채워줬지.

왜냐하면 나는,

알고 있지?

그딴 쓰레기 같은 미물 따위에 신경 쓸 시간이 없거든.

나마가 깬다.

나마	누나…… .
신	나마. 잘 잤니? 오랜만이구나.
나마	안녕하세요.
신	(진에게) 술.

진이 잠시 바라보다가, 술을 가지러 나간다.

신	누나는 좀 어떠니.
나마	똑같아요.
신	네가 잘 지켜봐야 돼. 너는 곧 나니까.
	여자들은 잠깐만 한눈을 팔아도 이상한 짓을 해대거든.
나마	누나는 원래 이상한데.
신	몰래 다른 사람들을 만나진 않지?
	뭐, 누나의 엄마라든가…… .
나마	누난 맨날 혼자 있어요.

신	그래. 그 년이 찾아올 리가 없지. 모성애라곤 쥐뿔도 없는 년.
나마	나 졸린데….
신	그래, 얼른 자라. 무럭무럭 자라야지. 그래서 평생 누나 곁을 지켜라.

나마가 벌러덩 눕는다.

진이 술을 가지고 나온다.
신이 술을 병째로 벌컥벌컥 마신다.
진은 창가로 간다.

신	난 이 집이 참 좋아.

진이 신을 향해 돌아본다.
달빛에 반짝이는 진의 얼굴.

신	……너.
진	신이 오면.
신	닮았구나.
진	누군가의 울음소리가 들린다.
신	그 여자.
진	달의 모양이 변할 때마다 누군가의 슬픔이 차오르는 소리가.
신	많이 자랐어.
진	얼른 최후의 마녀가 되고 싶어요.

저 혼자 나마를 지키는 게 조금 힘들거든요.

신은 진에게서 누군가를 본다.

신　힘들다……. 그래, 힘들다, 라는 말의 뜻을 네가 아니? 할 줄 아는 건 아무것도 없으면서, 애 하나 키우는 게 힘 들어? 나는 글을 쓰는 사람이야. 그게 무슨 뜻인지 알아? 이 손이 고귀하다는 뜻이야. 다른 인간들이랑 다르다고. 근데 지금 나는 너랑 니 새끼 때문에 돈을 벌어야 해. 내 가, 이 내 손으로, 내 글을 친히, 더럽히고 있다고. 알아들 어? 너, 내가 출근을 안 하니까 우습게 보는 모양인데. 당 연히 출근할 수가 없지. 술을 마시는 것도, 사람들 앞에서 웃는 것도, 담배를 피우고 버스를 기다리고 하다못해 똥을 싸는 것도 나한텐 다 일이니까. 단 한순간도 삶에서 퇴근 해본 적이 없다고! 예술을 한다는 건 그런 거야. 알아들 어? 삶과 정면으로 싸우는 거야. 혼자서. 바로 나 혼자서!

사이.
신이 정신을 차린다.

진　울음소리.
　　　이상해. 나는 울지 않는데.
신　그러니까 내 말은.
진　누가 우는 걸까.

신이 진에게 다가온다.

신	힘들다는 거야.
진	이 표정.
신	나는 정말 아무도 가져본 적이 없어.
	잠깐 가졌다고 생각한 것들은 부리나케 내 곁을 떠나.
진	(보며) 울 것 같아.
신	너희들이 내 전부야. 나에게 남은 건 이 집뿐이야.
진	울지 마세요.

진이 신을 토닥인다.

신	어릴 때 말이야, 마을에서 동물들을 끌고 다니면서
	서커스 같은 걸 하는 극단을 본 적 있어.
	자기들이 천막 같은 걸 직접 치고, 거기서 공연을 했거든.
	온갖 동물들이 나와서 재주를 부려댔어.
	맹수들까지도 어찌나 잘 훈련이 되어있는지,
	살랑살랑 재롱을 피우더군.
	공연이 끝나고, 난 사람들 눈을 피해 불 꺼진 공연장에 들어갔어.
	글쎄.
	뭔가를 확인하고 싶었던 것 같아.
	무거운 천막을 걷자, 모여 있는 동물들이 보였어.
	우리에 갇힌 채로. 가운데를 빙 두르고.
	고요한 침묵이 흘렀지.
	그리고 그 수많은 동물들 앞에 서 있던
	서커스 단장을, 나는 본 거야.
	그 풍경이 잊혀지지가 않아.

다른 세계였어.
천막 안이 꼭 다른 세계처럼 느껴졌어.

사이.

신이 진의 무릎을 베고 눕는다.

신 네가 누구를 닮았는지 알겠어.
우리 엄마. 불쌍한 우리 엄마를 닮았어.

진이 신을 재워준다.

신 (눈이 스르르 감기는) 그 여자가 아니야.
진 (자장가처럼) 사슴벌레 한 쌍과 수컷 까마귀 깃털…
신 엄마. 울지도 않고, 매일 웃기만 하던 우리 엄마…….

진의 자장가만 남는다.

암전.

1-5
진, 열일곱 살

진이 꽤 커다란 나마를 카트에 싣고 나온다.
이제 카트는 나마로 꽉 찬다.

진은 온갖 쓰레기들을 모으고 있다.

나마는 엉덩이를 긁는다.

진 소금이랑 모래알.

나마 모르겠어.

진 엄청 쉬운 거야.

나마 진짜 모르겠어, 누나.

나 엉덩이가 카트에 낀 거 같아.

진이 능숙하게 나마의 엉덩이를 빼준다.

진 정답은 '아주 작다'. (사이) 쉽지?

나마 음. (생각하다가) 소금이랑 모래알은 달라. 소금이랑 모래
알을 물에 넣잖아? 그럼 소금은 물에 사르르 녹아.
근데 모래알은 어떻게 되게? 축 가라앉아버린대.

진 그건 나도 알아 나마.

나마 그럼 '아주 작다'가 정답이 아니잖아.

만약에 누나, 여기에 물을 가득 담고 소금을 막 부었어.
그러면 소금은 엄청 커지는 거야! 모래알은? 아주 작고!

진 내가 말한 건 평범한 소금이랑 모래알이었어.

나마 누나. 바다에 가봤어?

진 (버려진 비닐봉지를 주워 보이며) 나마! 이게 뭐게?

나마 바다엔 엄청 엄청 많은 소금이 있대.

그래서 내 생각에 '소금은 엄청 엄청 커다랗다'.

진	우리 나마 엄청 엄청 똑똑하네.
	학교에서 배웠어?
나마	아니. 학교에서 이딴 걸 가르쳐주진 않아, 누나.
	누나는 안 가봐서 모르겠지만, 이렇게 시시한 건 학교에서
	안 배운단 말이야.

진이 웃으며 쓰레기를 뒤진다.

나마	시계를 볼 줄 모른다고 애들이 놀렸어. 우리 집에는 왜 시
	계가 없어? 우리 반에서 시계 볼 줄 모르는 건 나밖에 없
	대.
진	시계? 그걸 왜 봐야 되는데?
나마	몰라. 수학 시험에 나와.
진	나마, 시계 같은 건 기다릴 게 없는 사람들이나 보는 거야.
	올 거라는 믿음이 있으면 시간 같은 건 하나도 안 중요해.
나마	시험은 중요해! 누나는 몰라.

진이 나마의 머리를 흐뜨려놓으며 웃는다.

나마	누나도 학교에 가면 좋을 텐데.

그때, 청년부회장이 나타난다.
교회 소식지를 나누어준다.

청년부회장	할렐루야. 주님 믿고 천국 가세요.
나마	아줌마. 사탕은 없어요?

진이 그 모습을 발견하고 나마 앞을 가로막는다.

청년부회장 (주머니에서 사탕 꺼내준다) 우리 나마 거.

진 나마, 받지 마.

나마가 청년부회장에게 사탕을 받아 까먹는다.

청년부회장 잘 지냈어? 얼굴이 더 좋아 보이네. 이거 행주야. 서너 개
챙겨왔어.

청년부회장이 교회 홍보용 행주를 진의 카트에 넣어준다.

진 우리가 여기 있는 건 어떻게 알았어.

청년부회장 오늘 정말 덥다. 나마, 누나가 하드 사줄까?

청년부회장이 나마에게 부채질을 해준다.

진 그만 좀 쫓아다녀!

청년부회장 뭐 필요한 건 없니?

진 신이 알면 너는 당장……

청년부회장 신께서 나를 부르셨어. 너희에게로.
내가 몇 번이나 말했잖아. 나는 주님의 부름을 받았어.
불쌍한 너희들을 인도하라는 소명을.

진 너희 인간들은 아무것도 몰라.

청년부회장 진, 나는 너와 나마를 구원해주고 싶어.

나마 나 하드!

청년부회장 봐. 너는 나마에게 하드 하나 사줄 수 없잖아.

나마 스크류바!

진 나마는 내 아이야.
나마에게 손끝 하나라도 댔다간
네 몸을 갈기갈기 찢어버릴 거다.

청년부회장 넌 도움이 필요해. 학교도 안 나간다며? 마을 사람들이 너희 남매에 대해 수군거리는 걸 들었어. 엄마가 집을 나가고 아빠랑 셋이 산다고. 왜 언니한테 그런 말 하지 않았어? 아빠가 나쁜 짓을 하진 않니?

진 나는 그딴 거 없어.
우리 집엔 나와 나마 둘뿐이다.

청년부회장 아빠가 집에 들어오시긴 하는 거야? 너희에게 쓰레기를 모아오라고 시켰니?

나마 스크류바 사오라고!

청년부회장이 가방에서 사탕을 더 꺼내서 나마에게 건넨다.

나마 사탕 말고! 스크류바!

청년부회장 난 매일 너희를 위해 기도하고 있어. 너희가 정상으로 돌아올 수 있도록 도와달라고.

진 정상이 아닌 건 너희 인간들이다. 나는 검은 마녀야.
기도 같은 건 진짜 더러운 붉은 마녀 같은 것들에게나 해.

청년부회장 그래! 나 그거 사 왔어.

청년부회장이 인형을 건넨다.

청년부회장 받아. 나 이번에 오사카 갔다 왔거든. 너 그거 좋아하잖아. 마녀 배달부 키키.

진 마녀, 뭐?

청년부회장 이거 아니야? 까만 고양이 데리고 다니는 마녀. 네가 맨날 까만 마녀 얘기하길래 이건 줄 알았는데.

진 까만이 아니라…

청년부회장 빨간 마녀? 그거였구나, 빨간 망토 차차! (사이) 그건 마녀가 아닌가.

진 치치고 카카고, 어차피 인간은 마녀에 대해 알 수 없어. (짜증) 넌 제발 우리한테 신경 *끄고* 교회나 좀 나가! 지도 교회 안 나가면서 맨날 교회 나오래. 가자, 나마.

진이 카트를 끌고 간다.
청년부회장이 막아선다.

청년부회장 어어—! 너, 말투! 너! 나 다 들었어.

진 꺼져.

청년부회장 (손 떼며) 맞지. 방금 무의식중에 너 사람처럼 말했어.

진 글쎄 난 사람이 아니라고.

청년부회장 거봐, 너 사람 맞아. 고등부 여자애 같았어, 방금.

나마 우리 누나 사람 아닌데. 우리 누나 검은 마녀거든요.

청년부회장 너, 마녀가 뭔지나 알아?

나마 알아요. 우리 누나요.

청년부회장 그럼 너는 누군데? 마녀 동생이면 뭐, 마법산가?

나마 나는 고양이다. (겁주는 시늉)

청년부회장이 웃다가 멈춘다.

청년부회장 (다가가며) 나마. 누나가 그래? 누나가 널 고양이라고,
　　　　　네가 짐승이라고 그랬어?

나마　　　원래 고양인데 사람처럼 있는 거예요.
　　　　　신 아저씨가 누나한테 날 선물했어요.

청년부회장 넌 그냥 사람이야. 누구한테 선물하는 게 아냐.

나마　　　마녀 곁을 떠나면 다시 고양이 된댔는데.

진　　　나마, 말도 섞지 마. 믿으면 안 돼.
　　　　　알지. 인간 사이에 붉은 마녀가 숨어있어.

청년부회장 나마, 너 엄마나 아빠에 대해 알고 있는 게 있니?
　　　　　널 낳아주신 친부모님 말이야.

진　　　한마디만 더 하면 그 냄새 나는 주둥이를 전부 찢어버릴
　　　　　거다.

청년부회장 진! 정신 차리고 언니 말 들어. 교회 안 나와도 좋아. 학교
　　　　　안 다니는 것도 괜찮아. 대신 나랑 같이 병원에 가자.

진이 나마를 데리고 가려는데, 나마가 청년부회장을 빤히 본다.

청년부회장 난 알아. 마을 사람들 모두가 너희를 손가락질해도.
　　　　　진, 네가 착한 아이라는 걸. 동생을 지키려고 그런 거잖
　　　　　아. 그렇지?

진　　　가자, 나마.

청년부회장 하지만 넌 아파. 치료받아야 해. 치료 안 받으면 넌 결국
　　　　　나마까지 아프게 만들 거야.

진　　　가자니까!

그러나 나마가 움직이지 않자,
진이 청년부회장에게 다가간다.

진   이제 알겠어. 너.
        넌 붉은 마녀야.
        그래서 지금 우리를 갈라놓고 신과 나를 모독하는 거야.
        그렇지.

        청년부회장에게 쓰레기들을 던진다.
        청년부회장이 소리를 지르며 도망친다.

청년부회장 정신 차려야 돼! 넌 가짜를 믿고 있는 거야!

        진이 끝까지 쫓아 달려나간다.
        나마가 그런 진을 보고 폭소한다.

        진이 돌아온다.
        진의 거친 숨소리.

진   괜찮아, 나마. 아마 다시는 찾아오지 않을 거야.
        그 마녀, 언덕을 달려가다 넘어졌거든.
나마   누나. 마녀는 진짜 웃긴 거 같아.

        나마의 커다란 웃음소리.

진   도와달라고 울었는데 그냥 와버렸어.

302

그 여잔 붉은 마녀잖아.

검은 마녀인 내가 도와주는 건 말이 안 돼.

어차피 세상의 많은 붉은 마녀들이 도와줄 거야.

신께서도 알면 잘했다고 머릴 쓰다듬어 주실 걸?

나마 근데 나 스크류바 언제 사줘?

진 그래. 가자.

나마와 진이 카트를 끌고 나간다.

1-6

진의 집.

새벽.

진이 주문을 외우고 있다.

커다란 솥에 무언가를 끓이며.

진 검은 마녀는 아주 용감했고, 아주 오래 기다려왔기 때문에
신의 계시가 그녀를 찾아오자마자 밖으로 뛰쳐나갔다.

오랫동안 갈고 닦은 주술 실력으로, 검은 머리칼의 마녀는
마주치는 모든 붉은 마녀들을 죽이고. 또 죽이고. 반드시
죽인다.

그녀가 지나간 자리에는, 붉은 마녀에게 흘러나온 검은

피. 검게 변해버린 피가 바다를 이뤘다.

그러나 붉은 마녀들은 사라지지 않았다.
피가 모두 쏟아져 온몸이 하얗게 변해버린 상태로
오히려 검은 마녀의 주위를 맴돌았다.
물론 검은 마녀에게 그들의 존재는 별다른 위협이 되지
않았다.
그러자 사악한 붉은 마녀들은 검은 마녀가 제일 소중하게
생각하는 존재, 나마에게 가서 그를 괴롭혀댔다.
검은 마녀는 참을 수 없는 분노에 휩싸였다.

그리하여 마침내 검은 마녀는
그들을 조종하고 있던 무시무시한 여자.
검은 마녀의 마지막 상대.
북쪽 숲의 하얀 마녀에게로 향한다.
이미 모든 머리카락이 하얗게 세어버린 채 태어난,
하얀 머리칼의 마녀.
이 세상에서 가장 냉혹하고 무자비하며
끔찍한 힘을 가진 마녀에게로.

그러나 검은 마녀는 이 세상 모든 마녀들을 죽이는 동안
이미 누구도 뛰어넘을 수 없을 만큼 강해져 있었다.

그러니까
이 세상에서 가장 냉혹하고 무자비하며 끔찍한 힘을 가진
마녀는

더 이상 하얀 마녀가 아니게 되었던 것이다.

그렇기 때문에 검은 마녀가 하얀 마녀를 발견하자마자 아주 쉽게 – 자신의 까만 머리카락으로 그 하얀 목을 졸라 죽이는 것은 너무도 당연한 결말이었다.

하얀 마녀가 죽자, 붉은 마녀들의 영혼은 영영 자취를 감추고 말았다.

그렇게 검은 머리칼의 마녀는
세계 최후의 마녀가 되어
세상에서 가장 권위로운 신 – 그의 신부가 된다.
검은 마녀의 머리에 마침내
영광의 화관이.
모든 마녀들의 피로 만들어진 화관이 씌워진 것이다.

진이 마지막으로 자신의 팔에 상처를 내어 피를 솥에 쏟는다.
섞고 끓인 것을 모조리 마신다.

진 　최후의 마녀가 될 것이고… 피를 흘리게 할 것이고… 바다를 이룰 것이고… 죽일 것이고… 울지 않을 것이고… 최후의 마녀가 될 것이고… 죽지 않을 것이고… 유일해질 것이고… 신부가 될 것이고… 모두가 부러워할 것이며… 울지 않을 것이고… 버틸 것이고… 최후가 될 것이고… 아무것도 나를 막지 못할 것이며……

천둥이 한 차례 지나간다.

1-7
진, 스물한 살

부쩍 큰 나마. 진에 비해 훨씬 커다란 덩치.
카트 옆에 드러누워 젤리를 먹고 있다.

진은 걸레질을 하고 있다.

나마   소고기구이. 안창살. 찐 갈비. 설탕에 절인 무화과. 호두 얹은 고기 파이. 호박범벅. 돼지 내장탕. 치즈 올린 미트볼. 졸인 생선. 즙이 가득 찬 복숭아. 시럽 올린 캐러멜도넛. 시루떡.

나마의 입에 침이 고인다.

진   나마. 누워서 먹으면 위험해.
나마   괜찮아. 난 목구멍이 무진장 크거든. 볼래?

나마가 진의 얼굴에 대고 입을 크게 벌린다.
진이 거기에 대고 바람을 세게 후, 분다.
나마가 놀라서 물러선다.

나마   (콜록이며 보는)

진	클수록 더 위험하댔지.
나마	클수록 더 강하댔어.
진	그런 게 바로 함정이야.

나마	누나는 왜 학교도 안 다니면서 똑똑한 척해?
	글자도 읽을 줄 모르는 주제에.
진	난 칼도 갈 줄 알고 장작도 팰 줄 알아.
	그리고 무엇보다, 널 이만큼 자라게 했잖아.
	누나가 뭐 못하는 거 본 적 있어?
나마	(흘겨보는)
진	거봐. 없지?
	글자 같은 건 필요 없어.
	마녀에겐 매일 매일이 수련이야.

나마가 진을 가만히 바라본다.

나마	사람들이 그러는데 누나가 이상하대.
진	인간의 눈에는 그렇겠지.
나마	미친 마녀라고 했어.
진	미친 인간들.
나마	그 엄마에 그 딸이래.

사이.

나마	마녀가 마녀를 낳았대.
진	마녀.

나마	(신이 나서) 마녀 같은 여자였대. 밖에 잘 나오지도 않고 음흉한 얼굴로 혼잣말을 했대. 쓰레기 버리러 나올 때 짧은 치마를 입고 다녔대. 누군가 말을 걸면 욕을 하고 침을 뱉었대. 빨간 립스틱을 바르고 화장실 창문 밖에 지나가는 남자들을 가만히 보고 있었대. 정확히는 (가랑이 사이를 가리키며) 여기를.
진	그 여자.
나마	(웃는) 마녀 같은 여자였대. 아직 어린 누나를 버리고 갔대.
진	마녀.
나마	우리 반 애들은 누나를 다 알아. 누나보고 걸레 같다고 했어. 머리카락 때문에 머리가 이따만 해서 멀리서 보면 대걸레가 걸어오는 것 같대. 청소 끝나고 소각장에 대걸레를 빨아서 거꾸로 세워놓는데, 그걸 볼 때마다 너네 누나 왔다고 놀려.

사이.

진	놀린다고? 너를?
나마	누나한테 맞아보라면서 가끔은 그걸로 때려. (엎드리며) 이렇게 하고 있으면. (사이) 해 봐, 누나.

진이, 나마의 포즈를 따라 엎드린다.

| 나마 | (때리는 시늉) 이렇게. 이렇게. |

진이 벌떡 일어난다.

진   때려?

나마   이것 봐. 딱지가 앉기도 전에 또 때려서 진물이 났어.

나마가 자신의 짓무른 엉덩이를 보여준다.

진   너를?

나마   나보다 훨씬 작은 애들이야. 아주 웃겨. 나는 하나도 안 아파. 큰 나무에 대고 다람쥐가 주먹질하는 것 같거든. 내가 소리를 지를까 봐 무서워서 꼭 입에 양말을 쑤셔 넣는데, 웃기지. 나는 소리 지르고 싶던 적이 한 번도 없어. 걔들이 내가 더 아프길 바라서 안달 난 모습을 보면 웃겨. 정말이야. 매일 나를 찾는다니까.

진이 나간다.

나마   (사이) 그런데 걔들은 나한테 누나 얘기만 해.
누나가 아니면 나한테 말을 걸지도 않아.
"미친 마녀가 슈퍼 앞에서 상한 우유 마시는 걸 봤다.
엉덩이가 다 헤진 낡은 팬티를 봤다.
교회 전단지를 난도질하는 걸 봤다."

어딘가에서 터져 나오는 신음소리.

나마   걔들은 누나한테 관심이 많아.

나를 때리면서 한 놈은 대걸레에 대고 이상한 시늉을 해.

(대걸레에 대고 허리를 흔드는 시늉)

낄낄대며 나한테 와서,

그 다음엔 그걸 내 몸에 대고 흔들어.

이어지는, "불! 불이야!"

나마   그래서 그 다음부터, 내가 어떻게 했는지 알아?

내가 손수 대걸레를 가져와서 내 몸에 대고 막 흔들어댔

어. 그랬더니 그 뒤로는 안 그러더라고.

그 대걸레, 더럽다면서.

더 이상 지들 몸에 대고 흔드는 짓 안 하더라고.

거 봐, 누나.

누나한텐 내가 필요하다니까.

진이 들어온다.

입에 피가 묻어있고, 머리카락이 조금 탔다.

나마   또 무슨 짓을 한 거야.

진   너를 괴롭힌 그 끔찍한 새끼의 집에 갔어.

그 새끼는 없고 그 새끼의 엄마가 있었어.

날 알아보는 것 같았어.

아들이 피아노 학원에 갔다고 했지.

나는 기다리겠다고 했어.

피아노 학원에서 무슨 캠프를 갔다나.

이틀은 지나야 온다는 거야.

그래서 계속 기다리겠다고 했지.

그랬더니 다짜고짜 아들이랑 무슨 사이냐는 거야.

어이가 없었지.

아들이 내 사진을 갖고 있는 걸 봤다면서.

도대체 무슨 사진?

내가 정말로 궁금해서 물어봤더니,

마녀 같은 년이라잖아.

웃었어. 마녀한테 마녀 같은 년이라니.

당신의 아들이 내 나마를 때리고, 괴롭혔다고 했어.

그 여잔 자기 아들이 그럴 리가 없다며 욕을 퍼부었어.

아들에게 손이라도 댔다간 내 집을 불태워버리겠다는 거야.

오히려 나마 네가 내 사진들을 돈 받고 팔았다나.

아. 아아. 그때였어.

그때, 어디선가 신의 목소리가 들리는 것 같았어.

비가 오는 날도 아니었는데, 우리 집도, 새벽도 아니었는데.

나마   (신처럼) 붉은 마녀를 죽여라.

더러운 거짓말을 하는 붉은 마녀에게 속지 마라.

그 년, 모성애라곤 쥐뿔도 없는 그 년.

가정을 버린 마녀 같은 년!

천박하고 더러운 창녀!

비명소리.

진   난 곧장 그 년의 손가락을 들어서 내 이빨로,

처음엔 앞니로, 그 다음엔 더 깊숙이 넣어서

내 모든 이빨로 그 더러운 손가락을 뜯어버렸어.

나마   (한숨 쉬는)

진   저주를 퍼부었어.

평생 너와 네 아들을 저주할 거라고 했어.

검은 마녀의 저주 속에서 평생을 살아라.

웃지도 울지도 못하고 불구덩이에 내장이 타들어가는 고

통 속에 살아라.

나마   그래서 불을 낸 거야?

진   아니. 그 여자가 도망가면서 자기 집에 있던 촛불을 쓰러

트렸어.

나마   사람들은 누나가 불을 냈다고 할 거야!

진   사실을 말하면 돼.

나마   사람들은 믿지 않을 걸.

진   나마. 인간들은 어차피 아무것도 믿지 않아.

중요한 건 우리가 뭘 믿느냐야.

난 신의 목소리를 들었어.

나마   그들이 누나를 죽이러 올 거야.

진   그렇다면 나도 그들을 죽이겠어.

나마   누나는 미친 거랬어.

진   내 눈을 봐, 나마.

진이 나마를 똑바로 바라본다.

나마도 그런 진의 눈을 가만히 바라본다.

진   미치지 않았어. 아주 차분하고 침착해.

그리고 난 절대 후회하지 않아.

나마 어떤 것도?

진 (사이) 그래. 그 어떤 것도.

진의 목소리가 조금씩 떨려온다.

진 나마. 난 이제 깨달았어.
그래, 드디어. 드디어 깨달은 거야.
신이 말씀하신 그때가 온 거야.
최후의 마녀가 될 바로 그때.

1-8

비가 온다.

어두운 새벽, 진이 혼자 창밖을 보고 있다.
촛불을 든 채.

진 비 오는 날이면, 늘 같은 꿈을 꿔요.
나는 여기 앉아 달의 모양이 바뀌는 걸 지켜봐요.
달은 매일 아주 조금씩, 모양이 바뀌어요.
그래서 시간이 지나는 걸 알 수 있어요.
하루가 끝나고, 정말 다음이 온다는 걸.
누군가의 손이 천천히 내 머리카락을.

정수리에서 허리 끝까지.

만져요.

내 머리는 조금 젖어있어요.

손이 움직일 때마다 샴푸 냄새가 나요.

내 머리카락에서 나는 건지 그 손에서 나는 건지.

아. 좋다.

냄새.

샴푸 냄새.

샴푸 냄새. 냄새. 비릿하고 끈적한.

피. 피 냄새.

피 냄새가 나요. 내가 그 손을 물어 뜯어버렸거든요.

뜨거운 피가 내 머리카락을 타고 흘러요.

사이.

신이 나타난다.

무척 슬픈 얼굴로.

신   비가 오기를 기다렸어.

진   오셨어요?

신   너의 얼굴을 보는데도 차마 웃음이 나질 않는구나.

진   (다가가는) 왜 그러세요. 너무 슬퍼 보여요.

신   오늘은 아주 오랜만에 양주를 먹으러 갔어.

      그래. 거기서 그 년의 소식을 들었지.

      이 세계의 평화를 깨트리고도

　　　　　　　아주 행복한 얼굴을 하고 있다더군.

　　　　　　　일말의 죄책감도 없이, 감히. 감히.

진　　　　　냄비로 누룽지 숭늉 만들 줄 모르고

　　　　　　　아기를 버릴 때 짧은 치마를 입고.

　　　　　　　누가 말을 걸면 눈알에 침을 뱉던.

신　　　　　남자를 후렸다는 거다.

　　　　　　　자기보다 열 살이나 어린 남자를.

　　　　　　　새 가정을 꾸리겠다고 얼굴에 웃음꽃이 피었다더군.

　　　　　　　심지어 자기가 한 짓을 모조리 숨긴 채로!

진　　　　　그렇게 끔찍한 짓을 하고도!

신　　　　　세상을 잘못 만든 탓이다.

　　　　　　　내가 사라져야 하는 건지도 몰라.

진　　　　　아뇨. 사라져야 할 건 따로 있어요.

신　　　　　너까지 잃을 수 없다.

　　　　　　　그 년은 네 생각보다 훨씬 지독해.

진　　　　　이 순간만을 위해 평생을 살았어요.

　　　　　　　최후의 마녀가 되지 못한다면 나는 아무것도 아니에요.

신　　　　　역시 넌 불쌍한 나와는 달라.

진　　　　　하얀 마녀를 죽이겠어요. 이 손으로.

신　　　　　그리고 반드시 돌아와라. 내 품으로.

　　　　　　　너를 기다리는 이 따뜻한 집으로.

진　　　　　최후의 마녀가 되어……!

나마가 잠에서 깨어 방에서 나온다.

그들을 바라보는 나마.

천둥이 친다.

암전.

2막

2-1

진이 카트에 짐을 싣고 있다.

나마는 빵을 씹으며 물끄러미 그 모습을 지켜본다.

나마 진짜 갈 거야?

진 당연하지. 나마, 알잖아.

　　　누나는 평생 이 순간만 기다리면서 살았어.

나마 진짜 그 여자를 죽일 거야?

진 그래. 내가 완성할 거야.

　　　사이.

나마 누나 되게 불안해 보여.

진 (웃는다) 내가?

나마 그 사람, 진짜 신 맞아?

진 뭐?

나마 누나가 진짜 마녀가 맞냐구.

진 나마.

　　　너 지금 무슨 소릴 하는 거야.

나마 ······.

진 너를 데려오신 분이야. 나를 선택하신 분이고.

　　　나는 아주 어릴 때부터, 내 주술로 너를 지켜왔어.

이 집을 지키고, 붉은 마녀들과 싸워왔어.

내가 검은 마녀가 아니면 뭐야? (웃는) 인간? 붉은 마녀?

그것도 아니면 고양이나 걸레?

의심은 인간들이나 하는 거랬어.

진이 카트에 심을 다 싣고, 떠나려고 한다.

나마가 카트를 붙잡는다.

진 (나마의 머리를 쓸며) 걱정 마.

　　최후의 마녀가 되어서 돌아올게.

나마 나를 두고 가겠다고?

사이.

진 나마, 밖은 위험해. 누나는 엄청난 모험을 떠나는 거야.

　　장난치는 게 아니라 진짜 세계로 떠나는 거라고.

나마 누나는 나 없으면 안 돼.

진 나마.

나마 누나가 늘 그렇게 말했잖아.

진 그건,

나마 누나는 작아. 내가 훨씬 커.

진 넌 인간이야. 마녀를 상대할 수 없어.

나마 누나 같은 사람이 마녀라면, 백 명도 더 상대할 수 있어.

진이 잠시 나마를 본다.

나마	누나는 약속했어. 평생 나를 지키겠다고.
진	그래.
나마	누나가 그랬어. 나를 먹이고 씻기고 재우겠다고.
	제발 누나 옆에 있어 달라고 그랬어.
	근데 이제 와서 날 버리겠다고?
진	버리는 게 아니야, 나마.
나마	(쿵쾅대며 걷는다) 버리는 거야. 버리는 거라고!
	내 밥은 누가 해주지? 이제 집을 치우는 건 누구야?
	옷이 더러워지면 어떻게 하지? 돈이 필요하면 어떡하냔
	말야!
진	나마, 진정해.
나마	이 집에서 필요한 것만 쏙 빼서 가지고 가겠다고?
	(카트를 마구 헤집는) 여기는 내 자리였어! 내 자리!
	신이고 마녀고 난 그런 거 관심 없어! 여기가 내 자리였다
	고!

진이 나마의 등을 천천히 쓸어준다.

나마가 비로소 진정을 찾는다.

진	가자, 나마. 내가 널 지킬게.

두 사람, 카트를 끌고 떠난다.

2-2

고속도로 위.

의욕 없는 상품 판매자가 잡동사니를 팔고 있다.

판매자   붉은 양 한 마리 67만 8천 원… 단무지 한 박스 9만 2천
         원… 세 번째 손가락 53만 4천 7백 원……

진이 나마를 태운 카트를 힘겹게 끌고 나타난다.

판매자   뻥튀기 39만 3천 원……
진   이봐.
판매자   앵무새 깃털 5만 6천 2백 원……
진   하얀 마녀가 사는 곳을 알아?
판매자   타이어 두 개 103만 3천 9백 원……
진   북쪽 숲에 사는 하얀 마녀.
판매자   붉은 양 한 마리 67만 8천 원……

나마가 판매자의 뻥튀기를 보며 군침을 흘린다.

진   가자, 나마. 안 들리나 봐.
나마   누나. 나 이거 사줘.
판매자   뻥튀기 39만 3천 원.
진   가자니까.
판매자   39만 3천 원.

나마	나 배고파. 맨날 쓰레기 같은 것만 먹었잖아.
판매자	39만 3천 원.
진	어쩔 수 없어, 나마. 돈이 다 떨어졌는걸.
판매자	39만 3천 원.
진	게다가 넌 너무 많이 먹잖아.
	(판매자에게) 안 사. 안 산다고!
판매자	(가만히 보다가, 곧)
	붉은 양 한 마리 67만 8천 원… 단무지 한 박스 9만 2천 원… 세 번째 손가락 53만 4천 7백 원……
진	(나마 보다가) 알겠어.
	어차피 이 인간, 상태가 좀 이상한 것 같은데.

진이 뻥튀기에 손을 대자, 판매자가 진의 손을 붙잡는다.

판매자	이봐. 세상은 그렇게 호락호락하지 않아.
진	…말할 줄 알잖아?
판매자	난 아까부터 말하고 있었어.
진	뻥튀기가 39만 원인 건 말이 안 돼.
판매자	39만 3천 원이야. 그리고 내가 아까부터 지켜봤는데 말이야. 너, 그걸 찾고 있지? 그거.
진	(이상하게 보는) 뭐.
판매자	그거 말이야. 네가 평생 기다려왔던. 찾아 헤맸던 거.
진	그게 뭔데.
나마	뻥튀기.

진	뻥튀기?
판매자	동생을 챙기느라 너는 며칠을 굶었구나. 어쩌면 평생을 굶었겠지. 그렇지?

판매자가 가까이 다가간다.

진	인간 따위가 뭘 안다고.
판매자	너. 너 같은 애들을 여럿 봤지.
진	뭐?
판매자	도시로 가려면 반드시 이 길을 지나야 하거든. 온갖 마을에서 온 아이들이 나를 거쳐 갔어.
진	웃기지 마. 나는 세상에 하나밖에 없는……
판매자	(자르며) 별별 사람에게 별별 것들을 팔았지. 그 시간이 얼만큼인지 셀 수도 없어. 나는 새로운 세계로 가는 너희들에게 도움을 주기 위해 여기 있는 거야. 자동차가 쌩쌩 달리는 길 한복판에.
진	장사꾼 주제에.
판매자	너, 도시에 가본 적 없지? 코딱지만 한 마을, 그것도 산속 깊숙한 곳에 처박혀 살았겠지. 난 지금 도시의 법칙을 가르쳐주는 거야. 도시에선 모든 게 거래야. 팔고, 사는 거지. 절대 은근슬쩍 남의 뻥튀기를 가져가서 먹어치우면 안 돼. 바로 네 동생처럼.

진이 돌아보면, 나마가 뻥튀기를 허겁지겁 먹고 있다.

진	나마!

322

판매자 이런. 이것도 너무 뻔한 전개인데.

진이 나마를 건드리지 못하게 가로막는다.

판매자 거봐. 나는 너희 같은 아이들을 수없이 봤다니까.

진 난 돈 없어.

판매자 그럼 그에 마땅한 뭔가를 내놓아야지.

진 아무것도 없다고.

판매자 그래? 그럼 난 신고를 할 거야. 너흰 도시에 편하게 갈 수 있겠지. 도시에 있는 커다란 교도소로 갈 테니 말이야. 네가 찾는 건 평생 못 보겠지만.

진 그건 불공평해! 고작 뺑튀기잖아.

판매자 고작 뺑튀기가 누군가에겐 전부일 수도 있어. 그걸 정하는 건 네가 아냐. 그냥 정해지는 거지.

진 아니. 그걸 정하는 건 너야.

판매자 과연 그런 걸까?

진 난 지금 한시가 급하다고!

판매자 그럼 한시가 급하게 신고를 해야겠다. 경찰들이 너희를 데리러 올 수 있게 말이지.

진이 망설인다.

진 내 카트를 줄게.

판매자 카트?

판매자가 카트를 본다.

진	내 주술 재료들과 집이야.
	이게 내가 가진 전부다.

판매자가 진을 유심히 관찰한다.

판매자	좋아. 전부라면.

판매자가 카트를 가져간다.
나마가 뻥튀기를 다 먹어치웠다.

판매자	저 쪽도 정산이 끝난 것 같네. 너는 역시 하나도 못 차지
	했고. (웃는) 좋아. 아주 바람직한 여행의 초입이야.

나마가 트림한다.

진	이제 가자, 나마.
판매자	더 많이 잃을수록 더 많이 얻을 수 있는 거야.

진이 나마와 함께 사라진다.

2-3

카트를 잃은 진과, 지친 나마.
한참을 걷다가 허름한 여관에 도착한다.

진   같은 곳을 빙빙 도는 것 같아.

이제 다 왔다고 생각했는데.

나마   저기엔 푹신한 이불이 있겠지. 따뜻한 바닥이랑, 깨끗한 물이랑. 누나가 카트를 팔아치운 바람에 난 이제 쉴 곳도 없어졌어. (짧은 사이) 나 오늘 무조건 저기서 자야겠어.

훤칠한 키에 반짝이는 얼굴을 가진
이름 없는 미남자가 나타난다.

미남자   안녕하세요.

미남자가 진에게 꽃을 선물한다.

진   안 사.
미남자   …선물입니다.
진   혹시 방 있나요? 이 애랑 제가 잘 거예요.
미남자   여기는 형 친구의 옆집 할아버지가 운영하시는 여관이에요. (다시 꽃 내미는)
진   (대충 받아서 나마에게 넘기며) 주인은 어디 있어요?
미남자   할아버지는 오늘 안 오실 거예요. 저에게 맡기고 갔거든요.
진   (얼굴 들이밀며) 방 있어요?
미남자   (얼굴 붉히며) ……잠시만요.

미남자가 황급히 안으로 들어간다.

나마가 진을 빤히 바라본다.

진   걱정 마. 누나가 꼭 방을 구해볼게.

나마   누나 얼굴이 빨개진 것 같다?

진   그래? (만져보는)

나마   자꾸 몸을 베베 꼬는 것 같고.

진   내가? (사이) 오줌 마려워서 그래.

나마   (꽃 내미는) 가져가.

진   (가만 보다가) 도대체 저 인간은 쓰레기를 왜 나한테 준 거
         야?

미남자가 열쇠를 흔들며 다가온다.

미남자   럭키.

진   있어요?

미남자   마침 딱 하나 남아있었네요. 가장 안쪽 방이에요.

진   ……혹시 얼마예요? 사실 이 애랑 내가 돈이……

미남자   눈부시게 아름다운 머리카락을 가졌군요.

진   돈이 별로 없어요.

미남자   이름이 뭐예요?

진   (경계하며) 그건 왜요?

미남자   당신을 부르고 싶으니까.

나마   누나. 졸려.

진   그래, 나마. 얼른 들어가자.
         얼만지 말해요. 내가 그에 맞는……

미남자   당신도 나 같은 것 따위에게 이름을 알려주긴 싫은 거죠.

나는 돈 같은 건 필요 없어요. 나는 이름 없는 남자예요. 그저 오고 가는 사람들을 맞이해요. 그리고 떠나보내죠. 아무에게도 기억되지 못해요. 이 세상엔 많은 주인공들이 있죠. 하지만 난 태어날 때부터 알았어요. 내 역할은 그게 아니란 걸. 난 조연이에요. 어쩌면 엑스트라 정도죠. 지금도 분명히 그럴 거예요. 이 대본에 나는 이름조차 적혀 있지 않겠죠. 그런데 당신을 보는 순간 알았어요. 당신은 나를 구원해줄 수 있어요. 당신이 주인공이에요. 끝없이 이어지는 텅 빈 도화지였던 내 인생의…….

나마가 진을 끌어당긴다.

미남자 (진의 머리카락 매만지며) 까만… 온점…….

나마가 진을 점점 거칠게 잡아당긴다.

진 알겠어, 나마.
미남자 아니, 저 꼬마는 누구죠?
나마 아까부터 있었어. 이 구렁이 같은 놈아.
진 (놀라는) 나마! 왜 그래.
나마 졸리다고 했잖아!
진 미안해요. 아기라서 그래요.
미남자 (나마를 올려다보며) 아기……?
진 일단 방에 짐 좀 풀어도 될까요?

진이 미남자의 손에서 열쇠를 가져간다.

나마가 진에게 거의 기댄 채, 방으로 들어간다.

2-4

나마가 자고 있다.
진은 나마의 등을 쓸어주고 있다.

진 (작게, 노래)
사슴벌레 한 쌍과 수컷 까마귀 깃털 명아주에 맺힌 이슬 세 방울 ……

진도 잠이 들기 시작한다.

비가 온다.
진은 꿈을 꾼다.
누군가 자신의 등을 쓸어주며 노래를 불러주고 있다.

"인간의 머리에서 짜낸 기름에 버림받은 아기의 울음소리 이건 너를 재우는 노래 나를 만드는 재료 너를 지키는 주술……"

진 손…… 누구의…….

"달의 모양이 바뀌는 걸 봐. 매일 매일 조금씩 모양이 변하거든. 그럼 시간이 가는 걸 알 수 있어. 오늘이 끝나고 정말 내일이 올 거라는 믿음. 믿음. 그게 틀리지 않았다고 말해주는 거야. 난 그걸 믿기로 했어."

진이 잠에서 깬다.

2-5

잠에서 깬 진의 옆에
미남자가 누워서 진을 바라보고 있다.
진이 놀라서 일어난다.

미남자   쉬잇—

진   뭐하는 거예요.

미남자   사실 말을 못 한 게 있는데, 여기는 내가 자는 방이거든요.

진   뭐라구요? (사이) 너무 더운데.

미남자   남은 방이 없었어요.

진   (땀을 닦는) 바닥이 너무 뜨거워요.

미남자   그런데 당신의 조금 큰 아기도 그렇고. 쉴 수 있는 방이
             급한 것 같아서. 내 방을 준 거예요.

진   알겠어요. 그럼 우린 이제 가볼게요.

미남자   잠시만요.

미남자가 진을 붙잡는다.
사이.

진   이거 놔요.

미남자   제발 내 말 좀 들어줘요. 난 너무 오랜 시간 외로웠어요.
             누구의 품에도 안겨본 적이 없어요. 아무도 나를 불러준

적이 없어요. 이렇게 혼자 조용히 사라져도, 아무도 모를 거라는 생각이 들었어요. 한여름에도 보일러를 가장 높은 온도로 맞춰놔요. 온몸에서 땀이 흐르는데, 그래도 나는 자꾸 시려요. 바람이 불어오는 것처럼. 피부가 찢어질 듯이 아파요. 뼈에 구멍이 뚫린 것 같아요.

진   나마. 일어나. 가자. 나마!

미남자   소용없어요. 사탕에 수면제를 발랐거든요.

진이 문고리를 잡는데 문이 열리지 않는다.

미남자   당신이 내 주인공이에요. 주인공은 떠날 수 없어요.

진   난 네 주인공이 아니야.

미남자   왜 그렇게 떠나려고 하는 거죠? 당신도 머물 곳이 필요하 잖아요.

진   나는 검은 마녀다. 하얀 마녀를 죽이고 최후가 될! 검은 마녀는 어디에도 머물지 않아.

미남자   아뇨. 당신은 마녀가 아니에요. 새로운 이야기의 주인공 이 되고 싶지 않아요? 그걸 원하고 있잖아요. 당신의 얼굴 을 보는 순간 알았어요. 당신은 지쳤어요. 그런 과격한 이 야기 속에서 벗어나요.

사이.

진   그건 선택하는 게 아냐. 난 선택 받은 거야.

미남자   불행해 보여요.

사이.

진   하얀 마녀를 죽이지 못했기 때문이야.
      얼마 남지 않았어. 이야기가 끝나면, 난 행복해질 거야.

사이.

미남자 자기를 마녀라고 하는 여자가 있었다고 했어요.
진   마녀?
미남자 형 친구의 옆집 할아버지가 그랬어요. 십오 년 전쯤 여기
      서 죽으려고 했던 여자가 있었다고. 자기가 마녀라고 했
      대요. 세상에서 사라져야 된다고. 그 여자도 선택받았다
      고 했어요. 세상에서 가장 불행한 얼굴로 말했대요.
진   그래서?
미남자 죽으려면 다른 데서 죽으라고 내쫓았대요. 여관방에서 자
      살하면 소문나기 십상이에요. 그래서 문 닫는 여관이 얼
      마나 많은데.
진   그래서 그 여자가 어디로 갔는데?
미남자 ……그건 알려줄 수 없어요. 당신을 보낼 수 없으니까.
      그러니까 당신도 이제……

진이 눈을 번뜩인다.
머리카락으로 자신의 목을 조른다.

진   그렇다면 나도 여기서 죽겠어.
미남자 뭐 하는 거예요!

| 진 | (더 세게) |

두 사람, 몸싸움을 한다.

| 미남자 | 알겠어요. 알겠다구요. |

진이 미남자를 노려본다.

미남자	대신 조건이 있어요.
진	난 가야 돼.
미남자	당신은 보내줄 테니, 당신의 흔적을 줘요.
진	(보는)
미남자	머리카락. 그걸 줘요.
진	안 돼. 머리카락은 안 돼.
	이걸로 하얀 마녀를 죽여야 해.
미남자	그렇담 나도 보내줄 수 없어요. 여기서 다 같이 죽어요.
진	(자신의 머리카락을 본다)
미남자	매일 그걸 덮고 잘 거예요. 그럼 조금은 따뜻해질 것 같아요.

사이.

진	그래. 좋아.
	난 이미 강해졌어.
	하얀 마녀쯤은 머리카락 없이도 죽일 수 있어.

미남자가 진의 머리카락을 잡는다.

미남자   이제 알았어요. 이게 기억되는 방법이에요. 사람들은 이
         렇게 누군가의 마음에 남는 거였군요.

미남자가 진의 머리카락을 자르려고 한다.
그러자 진이 직접 자신의 머리카락을 잘라낸다.

진이 머리카락을 건넨다.

미남자   당신은 이제 내 이야기의 주인공이기도 해요. 그러니까,
         가세요.

암전.

2-6

진과 나마가 비 오는 숲을 헤매고 있다.
진의 머리카락은 아무렇게나 잘려져 있다.

나마   난 이제 더 이상 못 가!

나마가 주저앉는다.

진   그래, 나마. 여기 나무 밑에서 좀 쉬자.

나마	완전히 지쳤어. 죽기 일보 직전이야.
	(진의 무릎에 누우며) 빨리 재워줘.

진이 나마의 머리를 만져준다.
진은 꽤 지쳐있다.

나마	하얀 마녀지 뭔지를 만나면, 누나보다 내가 먼저 죽여 버
	릴 거야. 지 까짓게 뭐라고 나를 이렇게 힘들게 하는 거
	야. 안 그래?
진	그래, 그래.
나마	누나는 진짜 나한테 감사해야 돼. 내가 없었으면 누나 혼
	자 어쩔 뻔했어? 진작 무시무시한 남자들한테 잡아 먹혔
	을걸.
진	누군가 날 잡아먹는다면 난 그 인간의 입 안부터 식도, 위
	까지 전부 찢어줄 거야.
나마	(잠시 끔찍한 얼굴)
진	그래도 고마워, 나마. 누나 옆에 있어 줘서.
나마	(다시 우쭐대는) 그러니까 누나는 나한테 잘해야 돼.
	내가 있어서 외롭지도 않고, 든든하고, 재미있고……

나마는 진의 손길에 서서히 잠이 오는 듯, 눈을 감는다.

나마	내가 누나의 엄마고… 아빠고… 오빠고…… 친구고……

진도 눈을 감는다.

사이.

어디선가 부스럭거리는 소리가 난다.

진이 벌떡 일어난다.

엄격한 후원자가 나타난다.

후원자   나마. (다가가는) 나마!

나마가 겁을 먹고 진 뒤에 숨는다.

진   당신 뭐야!

후원자가 몸에 묻은 풀과 흙을 털어낸다.

그리곤 서류를 내민다.

진이 받아 읽는다. 그러나 진은 글자를 모른다.

나마가 대신 가져가 읽는다.

나마   (읽는) 안녕하세요, 후원자님. 저는 버려진 산에 살고 있는
나마라고 합니다. (사이, 진에게) 나마라는데?

진   계속 읽어봐.

나마   (읽는) 언제나 저에게 따뜻한 집과 밥, 옷을 제공해주셔서
감사합니다. 저는 새로 입학한 중학교에서 친구들과 즐겁
게 축구도 하고…… (사이, 진에게) 나 축구한 적 없어.

진   (후원자에게) 이게 뭐지?

후원자   나마가 보낸 감사 편지지.

후원자가 나마의 사진까지 보여준다.
진이 사진을 재빨리 낚아챈다.

진   뭐야, 당신! 왜 우리 나마 사진을 가지고 있는 거야!

후원자   그야 당연히 내가 십 년씩이나 나마를 후원해왔으니까.

나마   후원?

후원자   매달 너희 집에 돈을 보낸 게 누구지?

진   ······.

나마   누나, 저게 무슨 말이야?

후원자   모르는 척한다고 알았던 사실이 지워지진 않아.
(나마에게) 얘야. 이리 오렴.

나마가 진의 앞에 선다.

나마   이게 무슨 말이냐니까!

진   ······.

후원자   (나마에게 다가가며) 누나에게 뭔가 속아왔나 보구나.

진   아니야! 속긴 누가 속였다고 그래! 난 거짓말하지 않아.

나마   그럼 뭔데?

진   매달 우리 집에 돈이 오긴 했어.
난 그게 신이 주는 거라고 생각했어. 신께서 그렇게 말씀
하셨다고!

후원자   신? 너, 교회 다니니?

진   내가 미쳤어? 진짜 신 말이다!

나마	(흥미 없어진) 그래. 누나가 속은 것 중 하나구나.
진	뭐?
후원자	자, 자. 싸움은 그만하고. 나는 아주 바쁜 사람이야.
	(나마를 붙잡는) 어서 가자.
나마	가자구요?
후원자	그래. 네가 벌써 한 달째 학교를 나오지 않았다는 소식을 들었다. 나는 나마 너의 후원자로서, 너를 올바르게 자라게 할 의무가 있어.

진이 나마의 반대편 팔을 붙잡는다.

진	안 돼. 학교는 위험해.
후원자	더불어 권리도 있지.
진	권리라니.
후원자	돈을 지불한 사람으로서의 권리.
진	(나마를 잡아끄는) 가자, 나마. 어서.

나마가 움직이지 않는다.

| 진 | 나마. |
| 후원자 | 그래, 나마. 착하지. 네가 말해 봐라. 꼴이 이게 뭐니. 함께 마을로 내려가자. 우리 집에 빈방이 두 개나 있어. 나마 너 같은 아이들이 머물기에 딱 좋은 곳이야. 공부방도 있고, 컴퓨터도 있어. 착한 사람이 된다고 약속만 한다면, 나는 얼마든지 너를 돌봐줄 수 있단다. 지금까지 그랬던 것처럼 말이야. |

진	나마.

사이.

나마	같이 가.
진	…나마.
후원자	그건 안 돼.
진	안 돼, 나마. 난 못 가.

사이.

진	난…… 해야 할 일이 있어.
나마	…….
진	하얀 마녀를 죽이고… 최후의 마녀가 되어야 해. 그래야만……
나마	그래. 그게 더 중요하다 이거지.
진	누나랑 같이 가자.
나마	난 이제 지쳤어.
진	…….
나마	난 최선을 다했어. 누나 놀아주느라고 학교도 못 가고 애들한테 따돌림 당하고. 진짜 힘들었다고.
진	나마.
나마	누나가 나를 지키는 게 아니라, 내가 누나를 지키고 있었던 거야. 신인지 뭔지 그 이상한 아저씨가 누나를 지켜보라고 했어.
진	정신 차려 나마.

나마	누나. 난 나마가 아니야. 누나 때문에 내 이름을 잃었어.
진	무슨 소리야. 넌 나마야.
나마	자랄수록 누나를 원망하게 됐어. 그래도 누나 곁에 있었던 건, 누나가 불쌍했기 때문이야. 왜 나를 선택했어? 왜 나를 나마로 만들었어?

사이.

나마	내가 누나 곁을 떠나면 다시 고양이가 될 거라고 했지. 그럼 그걸로 확인하면 되겠네. 내가 진짜 고양이였는지. 누나가 정말 마녀인지.

후원자	어서 가자. 나마, 가서 일을 해야지.
진	일이라니? 나마에게 일을 시키겠다고?
후원자	당연히 자기 밥값은 해야지. 그렇지, 나마? 그게 사람 구실이지.
진	나마는 고양이야. 내가 필요하다고!
후원자	내가 어른으로서 조언하나 해줘야겠군.
진	아니. 하지 마.
후원자	사람은 누구나 자란단다. 결국 남는 건 자기 자신뿐이야.
진	하지 말라고 했어.
후원자	너를 반드시 필요로 하는 존재란 없어. 너에게 필요한 것도 너뿐이지.
진	입 닥쳐!
후원자	듣기 싫어도 들어야 하는 이야기가 있는 거란다.

진이 후원자에게 우악스럽게 달려든다.

그러나 나마가 후원자 앞을 막아선다.

진이 놀라서 멈춘다.

나마가 후원자 옆에 선다.

후원자　　자, 보렴. 너에겐 뭐가 남았지?

진　　나마.

나마　　난 사람으로 살 거야.

진　　내가 널 평생 지키기로 했잖아.

나마　　그래. 그리고 누난 실패했지.

사이.

나마　　누나는 왜 자라지 않는 거야.

나마와 후원자가 사라진다.

긴 사이.

빗방울이 멈춘다.

2-7

진이 걷는다.

그러다가 달린다.

다시 걷는다.

분노에 휩싸인다.
달린다. 가로지른다.

숨을 몰아쉬는 진.

진   틀렸어, 나마. 나는 자랐어.
이렇게나 자라서 여기까지 왔어.
이 세상 아무도 나를 알아주지 않더라도, 난 알아.
나는 평생을 달려왔어. 그리고 얼마 남지 않았어.
너와 나를 이렇게 만든 그 마녀를 죽일 거야.
이제 나에겐 아무것도 없어. 정말이야.
내가 지킨 모든 짐도 머리카락도 너도,
나에게 소중한 건 전부 사라져버렸어.
나마. 그런데 이상하지.
정말 이상해.
이제야 모든 게 갖춰졌다는 기분이 들어.
이제야 그 마녀를 만날 수 있을 것 같다는 기분이 들어.

진이 달려간다.

3막

3-1

미용실.
진이 앉아 있다.

머리가 하얗게 세어버린 백발의 여자,
노아가 들어온다.

노아   (진을 보고 잠시 놀라는) 깜짝이야. 손님, 여기는 VIP실이라
       서요. …혹시 절 찾으신다는 분인가요?

사이.

노아   죄송하지만 밖에서 기다리시겠어요?

사이.

노아   제가 지금 안에 손님이 와계셔서요.

진   당신이 여기 원장이에요?
노아   네. 그런데요. 무슨 문제라도.
진   미용실이 꽤 크네요.
노아   (보다가) 그래도 이 근방에선 제일 큰 편이죠.

(문에 대고) 여기! 와서 손님 좀 봐 드려.

진   저 모르시겠어요?

사이.

노아   모르겠는데요.

진   똑바로 보세요.

노아   머리카락이 엉망이시네요. 직접 자르셨어요?

진   네.

노아   좀 다듬으셔야겠네요. (다른 쪽에 대고) 여기!

진   그쪽이 직접 해주세요.

노아   네? 아니, 제가 안에 손님이⋯⋯

진   나도 그쪽 손님이니까. 해달라구요.

노아가 진을 가만히 본다.
긴 사이.

노아가 말없이 가위를 든다.

노아   많이 엉키셨네요.

진   아주 오래 헤맸거든요. 여기에 오기까지.

사이.
서걱대는 가위질 소리.

진   좋아 보이네요.

엄청 비싼 냄새도 나고.

노아 파마약 냄새겠죠.

진 아니야. 이건 분명 내가 아는 냄샌데.

진이 노아에게 얼굴을 들이밀고 킁킁댄다.

진 와. 진짜 오랜만이다.

오물 냄새. 온갖 썩은내.

노아 왜 왔니.

진 얼마나 오래 찾았는지 알아요?

왜 이렇게 멀리 왔어요.

왜 이렇게 멀고, 커다란 데에 있어요?

숨지도 않고 이렇게 당당하게.

도대체 왜.

노아 다 됐습니다.

노아가 돌아가려 한다.

진 (거울에 비친 머리카락 보며) 더 엉망이 된 것 같은데.

노아 …그게 최선이야.

진 최선?

진이 일어나 노아의 손목을 낚아챈다.

진 나 당신 죽이러 왔어요.

진짜 이게 최선이에요?

노아   난 너랑 할 말 없어.

진   아, 재미없어.

진이 이리저리 돌아다니며 주변을 엉망으로 만든다.

진   아! 지루해! 재미없어! 너무 뻔해!
        실망이잖아요. 나 진짜 이 날만 바라보며 살았는데.

노아   그만 가라.

진   왜 이래요. 나 기다렸잖아요.
        내가 올 줄 알았잖아요. 당신이 모를 리가 없잖아.

노아   경찰 부르기 전에 어서 가.

진   와. 진짜 별로. 그것도 나 평생 들은 말이라서.
        하나도 재미없잖아.

노아   제발!

사이.

노아   제발 날 좀 놔줘.

사이.

진   놔달라구요?

노아   그 집에서 벗어나기 위해 평생을 몸부림쳤어!
        도대체 언제까지 날 괴롭힐 거야!

진   내가 당신을?

노아   그래, 올 줄 알았어. 널 보낼 줄 알았어.

끔찍한 이 순간을 매일 상상했어!
그래도 미룰 수 있다면 최대한 미루고 싶었어.
막고 싶었다고!

사이.

믿을 수 없다는 진의 얼굴.

진   당신…… 내가 누군지 알아?

사이.

진   정말 아는 거 맞아? 내가 누구인지?

진이 다가간다.
진이 다가선 만큼, 노아가 물러난다.

노아   알아.

진이 멈춘다.

진   진짜 재미없다…….

노아가 가위를 들고 다가간다.

노아   그래, 죽여. 죽이고 싶으면 얼마든지 죽여 봐.

이렇게 평생 갇혀 사느니 죽는 게 나아.

진　갇혀 산다고? 당신은 도망쳤어. 다 버리고!

노아　거기 있으면 죽을 거라는 걸 알았으니까.

진　그럼 나는?

사이.

진　거기 혼자 남은 나는.

사이.

노아가 돌아선다.

노아　죽이지도 못할 거면서.

진　말해.

노아　어차피 넌 이해 못 해.

진　그래도 말해.

노아　…….

진　평생을 헤맸어. 이 순간만을 위해.
내 모든 걸 바쳤어. 그러니까 말해.
이해 못 하더라도 말해!
가정을 버린 쓰레기 같은 년!
천박하고 더러운 창녀!

노아　너, 닮았어.

사이.

노아　닮았어. 그 괴물.

노아가 들어가 버리려 하자,
진이 달려가서 노아의 손에서 가위를 빼앗는다.
노아의 목을 겨눈다.

진　괴물은 너야.
　　더러운 마녀.
노아　똑같은 소리를 하잖아.
진　닥쳐!
노아　내가 죽였어야 했어.
진　아니. 잘 한 거야. 덕분에 내가 이렇게 널 죽이러 왔잖아.
노아　그래. 이렇게 만났어.

사이.

노아　우리는 달을 보고 있었어. 그 사람이 잠이 들기를 기다렸
　　다가 매일 달의 모양이 바뀌는 걸 봤어.
　　난 네 머리카락을 빗어줬어.
　　길고 탐스러운 네 머리카락을 보며,
　　무럭무럭 자라면 나도 이걸 타고 내려가
　　이 탑을 탈출할 수 있지 않을까.
　　그런 바보 같은 생각도 했어.

　　나는 갇혀있었어.
　　시간이 가는 걸 알지 못하게 시계를 부쉈어.

달력을 찢고, 전화기를 박살냈어.

문을 잠그고 나는 매일 집 안에서 벌벌 떨며

그를 기다렸어.

그 사람은 너를 데리고 다니며 나를 협박했어.

데리고 올 수 없었어.

이렇게 해서라도 난 벗어나야만 했어.

근데 나,

후회가 안 돼.

후회할 수가 없어.

그러니까 죽여.

어서 죽여, 진!

진   난 진이 아니야!

나는…… 검은 마녀다.

진이 더 다가간다.

긴 사이.

노아   죽여. 울지 말고.

사이. 진의 손이 떨린다.

진이 가위를 떨어트린다.

노아   아무리 도망쳐도 자꾸만 그 목소리가 들려.

그 이야기가 저주처럼 나를 따라다녀.

그건 저주였어. 이야기도, 세계도, 아무것도 아닌,

그 괴물이 우리 삶에 내린 저주.

그래도.

진　　　　넌 다 버렸어. 전부. 너를 위해서. 너 하나 살겠다고.
　　　　　아무것도 책임지지 않고. 아무것도 돌아보지 않고.

노아　　　그래도 도망쳐.

진　　　　난 도망치지 않아.

노아　　　도망쳐.

진　　　　겁쟁이. 나약하고 한심한 비겁자. 그러니까 넌,

노아　　　도망쳐, 진.

진　　　　너 따위는.

노아　　　그 저주 같은 이야기에서.

진　　　　마녀가 아니야.

짧은 사이.

진이 다시 가위를 들고,

달려 나간다. 한 번도 돌아보지 않고.

그 자리에 노아가 남는다.

3-2

진이 서 있다.

진　　　　물어볼 게 있어요.

사이.

진   결말 말이에요. '검은 머리칼의 마녀'.

사이.

진   "그렇게 검은 머리칼의 마녀는 최후의 마녀가 되어, 세상
에서 가장 권위로운 신―그의 신부가 된다."
그리고요? 그 다음은 뭐예요?

사이.

진   그 다음, 그리고 또 그 다음은요?

사이.

신의 모습이 어슴푸레 드러난다.

신은 초반의 모습은 온데간데없이,
강압적이고 거대한 모습으로 서있다.

신   돌아왔구나.
진   말해 봐요.
신   드디어 완성되었다.
네가 내 이야기를 완성해준 거야.
진   당신의 이야기는 전부 틀렸어요.

나마는 나를 떠났고, 하얀 마녀도 죽이지 않았어요.

신 네 눈으로 보았겠지.

그 여자는 더 이상 마녀가 아니다.

네가 최후의 마녀가 된 거다, 진.

아직도 모르겠니?

그건 다 과정이었다. 우리의 이야기를 완성하는 과정.

자, 너를 보렴. 너에게 이제, 무엇이 남았지?

진이 신을 본다.

신 신이다.

이 세상에 너와 나. 단 둘.

사이.

진 그런 질문이 들었어요.

나마가 하얀 마녀를 죽이러 가는 나를

따라오겠다고 했을 때.

도로 위에서, 여관방에서 누군가를 만나고

그들이 내 짐과 머리카락을 가져가겠다고 했을 때.

나마가 나를 떠났을 때.

모두 내 이야기 속에 없는 일인데.

너무 달라져 버렸는데. 왜 이렇게 되어버린 걸까?

신의 세계는 이래서는 안 되는데. 이럴 리가 없는데.

아.

떠오르더라구요.

나마를 데려가겠다고 했을 때.
누군가에게 내 짐과 머리카락을 바칠 때.
나마를 떠나보낼 때.
그리고, 하얀 마녀를 살려둘 때.
그 순간들. 내 선택들.
그건 다 내가 만든 거였어요.

신   여긴 내가 만든 세계다.
너는 그게 너의 선택이라고 믿겠지만
진, 이미 그건 다 내 이야기 안에 있는 일들이었어.

진   그렇다면 당신은 이미 이 이야기의 결말을 알고 있겠군요.

신   당연하다.
너는 최후의 마녀이자 신의 신부로
아프지도, 병들지도, 죽지도 않고 평생을 살 것이다.
마녀와 싸울 일도, 인간과 맞설 일도 없이.
그렇게 세상의 모든 권위를 누리고 살 것이다.

신이 진에게 다가간다.

진   울지 마라. 나마를 지켜라.
나를 가로막는 마녀들을 절대 용서하지 마라.
자라라.
(사이)
나는 이제 지킬 게 없어요.

용서할 마녀도, 맞서 싸울 인간도 없어요.

진도 신에게 한발 다가선다.

진　　　이제야 난 당신이 보여요.

신　　　나에게도 네가 보인다.
　　　　너는 달라. 나에게 돌아왔지.
　　　　누구도 닮지 않은 너,
　　　　네가 바로 최후의 마녀다.
　　　　거기에 다른 이름은 필요하지 않아.
　　　　이미 완벽한 결말이 우리의 눈앞에 있다!

진　　　네, 보세요. 나를.
　　　　이게 바로 우리의 결말이에요.

　　　　신이 웃으며 진을 안으려 한다.
　　　　진이 다가간다.

진　　　나는 당신의 최후의 마녀이며,

　　　　진이 자신의 머리카락을 잘랐던 가위를 꺼낸다.
　　　　그것으로 신의 목을 찌른다.

신　　　너……!

진   더 이상 자라지 않을 거야.

진의 까만 머리카락이 붉게 물든다.
신의 피로.

신   넌… 넌 실패했다.
이야기는 끝나지 않아…
넌 실패했어…!
넌 영원히… 마녀로……

신이 죽는다.
그리고 사라진다.

진이 비로소 혼자 남는다.
텅 빈 그곳에, 홀로.

진이 돌아선다.
진의 뒷모습이 남는다.

3-3

진이 빈 카트를 끌고 무대로 나온다.

진   (노래)
죽은 땅에 움트는 풀잎 이슬 한 방울

차곡차곡 채워진 여행 가방
푹신한 이불솜과 따뜻한 아침
신선한 햇살과 다정한 바람

진이 노래를 부르며 무대를 가로지른다.
춤을 추듯.

작게 합쳐지는 여러 개의 웃음소리.
웃음소리에 섞여 들려오는
진을 부르는 저마다의 목소리.

진   이 이야기는 검은 머리칼을 가지고 태어난 어떤 인간의
        이야기다.
        작고 평범한 그 인간의 손에는, 아무것도.
        정말 아무것도
        없었다.
        그리고 그것이 그 인간의
        가장 오래된
        이야기―
        였다!

무대 서서히 어두워진다.
진의 목소리가 반짝이며 남는다.

막.

토마토의 정원

등장인물

유선희 (여, 16세)
금지민 (여, 16세)
공철희 (남, 16세)
박이리 (남, 16세)

무대

한빛중학교 뒤편, 쓰레기 소각장 옆에 마련된 작은 텃밭 겸 정원
'학생 출입금지'라고 날려 쓴 글자가 새겨진 팻말.
앉은뱅이 꽃들이 꽤나 탐스럽게 피어있다. 한가운데에 단연 키가 큰 식물 하나.
열매 없이 노란 꽃이 달려있다.

여름의 소리가 들려온다. 운동하는 아이들 소리와 공사하는 소리.

이리가 축구공을 옆구리에 끼고, 토마토를 물고 달려온다. 숨이 차다.

정원을 쓱 둘러보고, 뒤를 돌아 쨍한 햇빛을 바라본다.

토마토를 크게 베어 먹는다.

주변을 살피고, 매직으로 팻말 마지막 글자 옆에 '민'을 쓴다.

반대편으로 달려나간다.

잠시 뒤, 선희와 지민이 같은 하드를 먹으며 나타난다.

유선희 (방방 뛰며) 아, 그니까 왜!

금지민 공철희가 먼저 물어봤어.

유선희 (내심 좋은) 개어이없네. 지가 무슨 상관인데.

금지민 썬탱! 너 하드.

지민이 선희의 하드가 흘러내리는 걸 받아먹는다.

유선희 맞다. 우리 내일 코노 못 가.

금지민 왜?

유선희 영어학원 보충.

금지민 헐. 진짜?

유선희 헐. 진짜? 가 아니라, 너도잖아.

금지민 헐. 그러네.

유선희 (따라하며 낄낄대는) 헐. 그러네.

금지민 아. 내일 부를 노래 다 정해놨는데.

선희는 정원 앞에 서서 기도를 한다. 중얼거리며. "공철희 공철희 공철희"

지민이 팻말을 발견한다.

'학교 출입금지' 옆에 누가 '민'이라고 써놓은.

유선희   지탱. 가자.

금지민   (팻말 보는)

유선희   야. 금지민ㅡ!

금지민   저거 네가 쓴 거야?

유선희   엥? (가까이서 보는) 에-엥?

금지민   너가 쓴 거 아니야? 뭐야. 개노잼.

선희를 보면, 소리도 안 날 정도로 심하게 웃고 있다.

금지민   ……. 가자. (팔짱 끼며)

유선희   아 조오오온나 웃겨. 씨발! (하드가 녹아서 전부 떨어진다)

두 사람, 깔깔대며 나간다.

잠시 뒤 철희와 이리가 반대편에서 들어오다가 마주친다.

공철희   이리. 하이.

박이리   어, 철희. 하이.

두 사람, 머뭇거린다. 공사장 소리 들린다.

공철희   너네 반도 시끄럽냐?

박이리   왜?

공철희   (정원 뒤편 가리키며) 저거.

박이리	공사하는 거? 존나 시끄럽지.
공철희	엄마한테 들었는데, 5층으로 높이는 거, 이사장이 서울시장상 받으려고 그러는 거래. 거기에 옥상정원 만든다고. 자연이 숨 쉬는 아름다운 도심학교 어쩌고.
박이리	…지금 그딴 상이나 신경 쓸 땐가.
공철희	내 말이. 수업 때 선생님 소리 하나도 안 들리지 않냐? 이제 기말고산데.
	야. 우리 선생님한테 말해서…

이리가 정원에 다가간다.

공철희	뭐 빌게?
박이리	걍 온건데.
공철희	나돈데.

철희도 다가간다.
두 사람, 잠시 가만히 정원을 바라본다.

박이리	애들 개웃겨. 소원은 무슨 소원이야. 딱 봐도 그냥 잡초인데.
공철희	토마토야.
박이리	(놀라서 보는)
공철희	책에서 봤어. 저거 토마토야.
박이리	…레알?
공철희	꽃이 떨어지면 토마토가 열린대.
박이리	……

공철희	못 믿겠으면 며칠 뒤에 보든지. 열리는지 안 열리는지.
박이리	근데 왜 애들한테 말 안 했는데?
공철희	(보는)
박이리	애들이 소원의 풀이라고 지랄하는데 왜 가만있었는데.
공철희	안 물어보니까.
박이리	존나 이상해, 너.

이리, 나가는데,

| 공철희 | 야! 너 시험 기간에 축구공 걸리면 벌점 받아! |

이리, 가운데 손가락 들고 나간다.

철희, 가만히 토마토를 본다. 공사장 소리. 주머니에서 생수병을 꺼내 물을
버리듯 뿌린다. 그리곤 반대편으로 나간다.

잠시 뒤 지민이 나무 막대를 가지고 들어온다.
나무 막대를 토마토가 기댈 수 있게 심는다.
이리가 들어오다가 그 모습을 발견한다.

박이리	금지민?
금지민	엄마야!
박이리	뭐하냐?
금지민	아, 존나 깜짝 놀랐네.
박이리	학생 출입금지 안 보이냐?
금지민	학생 출입 금지민이야.

박이리	(잠시 놀라는)
금지민	존나 재미없네.
박이리	뭐하는데.
금지민	키가 커서 넘어질까 봐.
박이리	토마토?
금지민	알고 있었어?
박이리	(동시에) 뭐냐.
금지민	(동시에) 뭐냐.

두 사람, 헛웃음.

박이리	넌 그럼 소원 빈 적 없겠네. 토마토한테.
금지민	방금도 빌었는데?
박이리	미친.
금지민	빌면 안 되냐?
박이리	마트 가서 빌어. 토마토 존나 많아.
금지민	(소리 내어 웃는다) 다르잖아.
박이리	그게 더 토마토지.

금지민	너 썬탱 좋아하지.
박이리	미쳤냐?
금지민	난 썬탱이 내 거 되게 해달라고 빌었어.
박이리	(보는)
금지민	아무도 좋아하지 말라고 빌었어. 내 친구만 하라고. 그래서 평생 내 옆에 있으라고 빌었어. (사이) 그러니까 접어라, 아가야.

박이리   미친. 나 좋아하는 애 따로 있거든.

금지민   (따라하는) 조와하는 애 따로 있고둔―

박이리   아, 뒤진다.

공사장 소음.

금지민   저거 존나 짜증나.

박이리   …설마 선생님 목소리 안 들려서?

금지민   미쳤냐? 그냥 꼴 보기 싫어. 저 건물 위에 아저씨들 올라
         가서 철심 박는 거 보고 있으면 뭔가 확 밀어버리고 싶어.

박이리   …….

금지민   말이 그렇다고.

금지민   5층에서 뛰어내리면 죽을까?

박이리   당연하지. 4층에서도 죽었는데.

금지민   내 말은, 깨끗하게 죽냐고. 오래 안 아프고. 즉사.

박이리   몰라. 그딴 걸 왜 물어.

금지민   윤소원이 이쪽으로 떨어졌으면 안 죽지 않았을까?

박이리   …….

금지민   흙이잖아. 푹신푹신해서.

박이리   돌 있잖아. 네가 방금 막대기도 심었고.

금지민   아.

지민, 나간다. 이리, 잠시 토마토를 바라본다. 그러다가 따라 나간다.

해가 저물어 간다.

방학식 날.

토마토 꽃이 다 떨어져 있다. 정원에는 그늘이 드리워져 있다.

나무 막대에는 알록달록한 토마토 캐릭터가 그려져 있다.

철희가 토마토가 묻힌 흙 속에 종이(성적표)를 묻고 있다.

공철희   (중얼대는) 괜찮아. 괜찮아. 괜찮아.

선희가 책가방을 메고 달려온다.

유선희   (철희 발견하고 멈추는) 헐.

공철희   (엉덩방아 찧는)

유선희   공철희. 뭐해?

공철희   집에 안 갔어?

유선희   우리 반 종례가 이제 끝났어. (기웃대는) 뭐하고 있었어?
          철희 너도 소원 빌었구나? 응? 소원 빌었어? 응? 뭐야? 서
          엉…

공철희   (필사적으로 막다가, 벌떡) 아, 서영-적표 아니라고!

유선희   (놀라서 주춤) 서영-공하게 해달라고 빌었냐고……

공철희   …….

유선희   ……미안.

공철희   어차피 죽었어.

유선희   뭐가?

공철희	토마토 죽었다고. 꽃 다 떨어졌는데 열매 안 맺혔잖아. 끝난 거야.
유선희	헐. 이거 토마토였어?
공철희	…됐다.
유선희	헐. 왜 죽었지? 안 되는데.
공철희	이게 다 (건물 보는) 저거 때문이야. 5층 만든다고 햇빛 다 막아버려서.
유선희	윤소원이 진짜 떠났나봐.
공철희	뭐?
유선희	윤소원이 심은 거랬어.
공철희	윤소원? 2반?
유선희	죽기 전에 심은 거래. 2반 애들이 그러던데?
공철희	…설마 그래서 소원의 풀이야?
유선희	그럼 뭔 줄 알았어?
공철희	심은 적도 없고 물도 안 주는데 자라서 뭐 신비로운 힘이 있고. 그런 거라며.
유선희	(이상하게 보는) 으.
공철희	…… .
유선희	토마토인 줄은 몰랐네.
공철희	…토마토도 아니지. 안 열렸으니까.
유선희	토마토가 안 열리면 토마토가 아니야?
공철희	…… .
유선희	토마토가 안 열려서 토마토가 아니면 저건 뭐야? 토마토 없는 토마토인가? (사이) 토마토 계속 말하니까 웃기다. 그치. 토마토마토마토마토……

선희가 웃는다. 철희가 나간다.

선희는 계속 '토마토마토마토마토마토마토'를 하고 있다. 웃긴 모양.

지민이 들어온다.

금지민 썬탱! 카톡 왜 안 봐. 나 너네 반 갔다가 없어서 강당 갔다
가 구령대도 갔다가…

유선희 토마토마토마토…

금지민 뭐해?

유선희 존나 웃겨. 토막살인 같애. 토막토막토막! (지민을 자르는
시늉)

금지민 (도망 다니는) 야아- 하지 마! (토마토 밑에 살짝 나온 종이 발
견하는) 저거 뭐지?

유선희 (못 보게 하면서) 맞다! 야! 이거 토마토였대.

금지민 아. 결국 안 열렸네.

유선희 뭐야. 너 알았냐?

금지민 소원이가 토마토 좋아했어. 소원이가 심었으니까 토마토
겠지.

유선희 근데 이거 윤소원이 심은 건 맞아? 공철희는 처음 듣는
얘기라던데….

아니, 그걸 떠나서, 윤소원 죽을 때만 해도 얜(토마토) 요만
했다며. 윤소원은 죽었는데 그럼 누가 토마토를 키우
고…… 그치? 역시 귀신인 거지?

윤소원이 귀신이 돼서 학교를 붕붕… 내 토마토 내놔…
토마토마토마토……

금지민 토마토는 어디다 던져놔도 잘 자란다 그랬어.

그래서 걘 나중에 토마토로 가득 채운 농장 갖는 게 꿈이

랬어.

유선희   난 토마토 밍밍해서 싫던데. (사이) 근데 왜 죽었대?

금지민   몰라 나도.

유선희   너랑 베프였잖아.

금지민   베프라고 다 아는 건 아니던데.

지민이 잠시 꽃이 떨어진 토마토를 내려다본다.

유선희   그래도 이거 걔가 심은 거라는 건 알잖아. 토마토 좋아했
         던 것도 알고.
         난 윤소원이란 애가 있는지도 몰랐는데.

금지민   나도 몰랐잖아, 넌.

유선희   윤소원 있었으면 나랑 베프 안 했을 거잖아 넌!

지민이 잠시 웃는다.

금지민   그래도 토마토 열릴 줄 알았는데.

선희가 지민의 얼굴을 바라본다.

유선희   야, 금지민. 토마토가 대체 몇 개 필요한데.

자신의 불그스름한 양쪽 볼을 손가락으로 동그랗게 말아 들이미는 선희.

유선희   두 개?

지민이 어이없다는 듯 웃으며 선희의 얼굴을 밀친다.

유선희   아! 너 때문에 토마토 터졌잖아!

선희가 지민에게 달려들어 간지럽힌다.

금지민   야아!

지민도 선희를 간지럽힌다.

유선희   (멀리 도망가서, 소리치는) 와아 방학이다!
금지민   방학이다—!
유선희   존나 놀아야지—!
금지민   조온나 먹어야지—!

두 사람, 팔짱 끼고 나가며.
웃으며 사라진다.

아이들의 소리가 사라진 무대에 이리가 들어온다.
축구공을 이리저리 드리블하며, 토마토를 먹고 있다.
다 먹은 토마토 씨 부분을 정원에 던진다. 다시 반대편으로 나간다.

다시 들려오는 아이들의 목소리.
해가 진다.

막.

본 희곡집은 2020 아르코문학창작기금 지원사업 선정 도서입니다.

최후의 마녀가 우리의 생을 먹고 자라날 것이며

초판 1쇄 인쇄 2022년 8월 25일
초판 1쇄 발행 2022년 8월 30일

지은이   이소연
펴낸이   박성복
펴낸곳   도서출판 연극과인간
주소   01047 서울특별시 강북구 노해로25길 61
등록   2000년 2월 7일 제6-0480호
전화   (02)912-5000
팩스   (02)900-5036
홈페이지   www.worin.net
전자우편   worinnet@hanmail.net

ⓒ이소연, 2022
ISBN 978-89-5786-843-0 03810

값은 뒤표지에 있습니다.